JN036875

激甘ドS外科医に脅迫溺愛されてます

青砥あか

ILLUSTRATION
千影透子

MITSU YUME

CONTENTS

MITSU YUME

イラスト／千影透子

激甘ドS外科医に脅迫溺愛されてます

gekiama
doS gekai ni
kyohaku
dekiai
saretemasu

プロローグ

「また抱かせろ……」

ベッドに腰掛け、冷たく言い放つ。

さすがにひどい。自分で言っておきながら、政臣《まさおみ》は気が滅入った。だが、そんな感情はおくびにも出さず、冷淡に目を細める。

部屋の隅で灯る間接照明が、ベッドに横たわる茉莉《まつり》の裸体をぼんやりと浮かび上がらせていた。

「お前ひとりじゃ、これから先、意識のない姉を支えていけない。金銭的なことも手続きもなにもわからないだろ。それを俺がぜんぶ抱え込んでやる。お前らの面倒をすべてみてやるかわりに、その体を差し出せ」

無理やり抱かれ、意識を取り戻したばかりの相手に投げつける言葉ではない。脅して今後の肉体関係まで強要するなんて、鬼畜の所業だ。誰かが同じことやっているのを見たら、殴って即通報してやる。それぐらいの常識はあるというのに、言葉は止まらなかった。

呆然《ぼうぜん》とする茉莉の青ざめた頬をそっと撫《な》でる。こんなふうに触れたくなかった。

言葉にできない愛しさを込めて目尻に残る涙を拭うが、彼女からしたら嫌悪感しかないだろう。触るなと叫びたいだろうに、執拗《しつよう》な口づけで赤く腫れた唇は震えるだけでなにも言葉にしなかった。

その、か細い怯《おび》えたような呼吸にも下半身がざわつく。あんなに抱いたというのに、熱がまだ完全に冷めない。

彼女に襲いかかったとき真っ暗な窓に激しく打ちつけていた雨脚は、しとしとという優しい音色に変わっている。

大学に入ってから初めての彼氏ができ上手くいっているらしいと、彼女の姉から聞かされていた。それを苦い気持ちで受け止め、のたうち回る嫉妬を何度も抑え込んだ。この凶暴な想いを、彼女に向けてはいけないと……。

なのに制御できなかった。何年もしまい込んで膨れ上がっていた想いは、ちょっとした刺激と激情によって呆気《あっけ》なく暴走した。

彼女の白い柔らかな肌に刻んだ赤い痕。執拗に何度も吸い付き、嚙《か》み付き、舐《な》め回し、やめてと泣かれても止まらなかった。むしろ煽《あお》られ、もっとしつこく弄んだ。しゃぶりつき嬲《なぶ》った乳首や肉芽は、こすれて腫れている。

痛々しい。

彼女の脚の間は、政臣の放ったものと血で汚れていた。まさか経験がないとは思わなかった。

込み上げてくるのは罪悪感だけではない。見え隠れする仄暗《ほのぐら》い悦びに目眩《めまい》がした。自分が、茉莉の最初の男であるという事実にたまらなく興奮する。

なんて浅ましい。自身の汚らわしさに反吐《へど》が出る。

忌々しさに、思わず床を蹴る。つま先が、散らばった衣服にまぎれていた薬剤の包装シートに当たった。カサッ、と乾いた音がしたのに苛立ち舌打ちすると、茉莉の白い肩が怯えたように小さく跳ねた。

虚ろだった彼女の目に涙の膜が張り、ゆらりと揺れる。儚《はかな》げな容貌がより頼りなくなる。思わず抱きしめて優しくしてやりたくなる気持ちと、もっと泣かせてみたくなる嗜《し》虐《ぎゃく》心がくすぐられ、せめぎ合う。光に透けると栗色になる柔らかい髪も、彼女の線の細さを際立たせ、己の胸をかき乱す。

本人は容姿に自信がないようだが、美人と言われる華やかな姉より、地味な造りの茉莉のほうが自分にとっては好ましい。永遠に腕の中に囲って、誰にも見せたくない。そんな独占欲をかき立てる。

もう手放せない。一度抱いただけで満足なんてできなかった。

もっと、もっとほしい。腹の底から渇望するように、どろりとした感情があふれてくる。

だが、今さら好きだとは言えない。告白されても気持ちが悪いだけだろう。

だったら脅すしかない。恨まれてでも傍に置いておきたかった。心は手に入らなくても、体だけでも繋《つな》ぎ止めておきたい。

それに今の彼女を野放しにはできなかった。下手に告白して、逃げる隙を与えるわけにはいかない。

「俺の言うことをきけ……いいな」

高圧的に告げると、彼女の体が小刻みに震え出す。泣き出すのかもしれない。

追い詰めているのは自分だというのに、胸が潰されそうに苦しくなる。抱きしめて全部嘘《うそ》だと、本当は愛しているのだと白状したい。

ぎゅっ、と嗚咽《おえつ》を耐えるように彼女の唇が引き結ばれる。涙に濡《ぬ》れた目がきつく睨《にら》みつけてくるが迫力はない。今にももろく崩れてしまいそうな強がりが切なかった。

愛しさを隠して目を眇《すが》め、威圧するように口を開く。

「逆らうなよ……っッ！」

パンッ、と乾いた音が響き、頬に痛みが走った。

予想もしていなかった出来事に目を見張る。たいした痛みなどなかったが、衝撃だった。頬を張るような気力が残っているなんて思いもしなかっただけに、動揺し呆《ほう》ける。

ああ、そうだった。御しやすそうな見た目や雰囲気に反して、茉莉は姉に似て気が強い。苛烈さはないが、芯が強い。そこに惚れたのだ。

自分は今、きっと間抜けな顔をしているに違いない。射抜くようにこちらを睨みつける彼女に、感傷的になっていた頭が冷えてくる。

「わかった……言うとおりにする」

体の痛みに顔をしかめながら起き上がった茉莉は、こぼれ落ちそうになる涙を乱暴に拭って言った。

涙にかすれた声と、深い哀しみに揺れる目に胸がえぐられる。もうもとの関係には戻れないのだと、政臣は絶望に口元を歪《ゆが》めて笑った。

1

「茉莉……お前、なんでここにいるんだ？」

怒気をはらんだ低い声に振り返る。不機嫌に皺《しわ》の寄った眉間。すわった黒い双眸《そうぼう》に睨《にら》まれ、宮下《みやした》茉莉はびくっと肩を震わせ一歩後ろによろめいた。

うなじを撫でる冷房に、ぞわりと肌が粟《あわ》立つ。緊張と後ろめたさで息が浅くなった。

医局の向かいにある面談室を出てすぐ、ＭＲの待機場所になっている廊下に一人で立っていた茉莉は、さっと周囲に視線をやる。他社のＭＲがいないことにほっとした。運がいい。

だが、医局や廊下を通りがかるメディカルスタッフの視線が痛い。

茉莉に話しかけてきた男――黒木《くろき》政臣は、この黒木総合病院のいわゆる御曹司で、整形外科の専攻医だ。

白衣をまとった長身の彼は、しっかりした鼻梁《びりょう》に切れ長の目の整った顔立ちをしていた。忙しいだろうに艶が失われない黒髪をかき上げる仕草が、まるで俳優みたいに様になっている。

ただでさえ目立つ経歴な上に、この容姿である。昔から人目を惹《ひ》く彼に、外で声をかけられると緊張した。周囲から「どういう関係なのか？」とか「なんであんな地味な子が？」という声が聞こえてくるようだった。ただの被害妄想かもしれないが、とにかく平凡な自分と彼との違いに萎縮してしまう。

それでもまだ、政臣と高校の同級生で、五歳上の華やかな容姿の姉――皐月《さつき》が元気な頃はよかった。茉莉が彼女の妹だとわかると、様々な毒や好奇心の混じった視線がすっと引く。ああそうなのかと、興味をなくしてもらえることに安堵《あんど》して、少しの惨めさに胸を痛めるだけでいられた。

皐月と政臣、二人が並ぶと華があり、お似合いのカップルだった。

けれど今、政臣の隣に並ぶ姉がいない。それが苦痛なのに、心の隅でのたうつ悦びが後ろめたい。姉がいないことを喜んでいる。そんな自分を知りたくなかった。

だから彼に会うのが嫌だったというのもあるが、今日はまた違う意味でも彼に会いたくない。

先月、導入研修が終わり、配属先が決まった。第一希望の、家から近い営業所になったのは嬉《うれ》しかったが、こうなる可能性を考えていなかったわけではない。

先輩に同行し、黒木総合病院にきてから嫌な予感しかなかった。だからといってＯＪＴ――現場研修が始まって数日で見つかってしまうなんて、自分の運のなさを呪う。ここ一年、彼の目をどうにか誤魔化し、新卒採用でこの職を手に入れたというのに……。

「見舞いじゃないよな。そんなかっこうだし」

革靴を鳴らしながら歩み寄ってきた政臣は、電子カルテのタブレットで白衣の肩をコンコンと叩《たた》く。イラついているときの仕草だ。神経質そうに眇めた目で、まとめ髪にスーツ姿の茉莉をじろじろと見下ろす。首から下がった訪問許可証に書かれた会社名を見咎《みとが》めた政臣の視線が、凶悪に鋭くなる。

「よりによって……サニー製薬かよ」

地を這《は》うような声で吐き捨てられる。びくっ、と反射的に体が震えた。

「あれ、宮下さん？　政臣先生とお知り合いなの？」

政臣は、茉莉が医療関係の仕事に就くのを、なぜか嫌がっていた。

硬直する茉莉の横から、訝《いぶか》しげな声がかかる。おそるおそる振り返ると、医師と個人的な話があるからと、茉莉を面談室から先に追い出した先輩の茂木仁志《もぎひとし》が小首を傾げていた。一緒にいた内科の医師が、こちらを不思議そうに見ながら医局に戻っていく。

「え……ま、まあ……」

「俺の友人の妹です。茂木さん」

なんと答えればいいかわからないでいると、さっきまでの不機嫌な表情を引っ込めた政臣が笑みを浮かべて代わりに返答した。いつ見ても完璧な営業用の笑顔。

茉莉には胡散《うさん》臭くしか見えないのに、近くで様子をのぞき見していた若い女性看護師は「素敵」と言わんばかりに目を潤ませている。自分も昔は似たようなものだったが、本性を知らないというのは幸せなことだ。

　三十代半ばのベテランＭＲである茂木は、前から顔見知りなのか営業トークを始めている。まだ専攻医だが、政臣は将来この病院の跡を継ぐ予定だ。それを見越して茂木は愛想を振りまく。その会話が、なぜかおかしなほうへ転がり出した。

「彼女をうちに寄こしてくれるなら、この間の件、考えてもいいですよ」

「え！　本当ですか！　ええ、ぜひ。宮下を担当にいたします！」

　早くこの場を去りたいなんて考えている間に、政臣が職権というか、跡継ぎとしての特権乱用気味なことを言い出し、それをあっさり了承してしまう茂木に目をむく。

　だいたい政臣は現在二十八歳で、以前は後期研修医といわれていた専攻医だ。浪人も留年もなく医学部を卒業し、専攻医になってもう二年目になるので、初期研修医とは年収も能力も違うが、研修中であることには変わりない。ＭＲとの契約を勝手に決められる権限はないはずなのだが、そこは跡取りだからなのか、しれっと「父に口添えしておきます」と言い足す。

「はっ……？　え、ちょっと茂木さん、待ってください！　私、まだＯＪＴ始まったばかりで……」

「まあまあ、いいじゃない。サポートはするからさ」

　気安くぽんぽんと背中を叩く茂木に呆然としていると、急に強い力で腕を引っぱられる。たたらを踏んで肩が当たった場所は政臣の胸で、どきっとした。よく知っている彼の体の感触に、全身が緊張し息が止まる。睨《にら》むように見上げると、政臣は口元には笑みを浮かべたまま、なぜか茂木を冷ややかな目で見つめていた。

「じゃあ早速、こいつに話があるんで貸してもらえますか？」

「あ、ああ……はい。大丈夫ですよ」

政臣の異様な視線に、茂木が臆した様子で体を引く。なにか不快な思いをさせただろうか、と茂木の目が不安そうに揺れた。

「宮下さん、この後はたいした仕事もないから直帰でいいよ。そんじゃ、また明日！」

面倒事は御免だというように、茂木はそう言い残してさっさと帰ってしまった。

「え……嘘でしょ。やだ……私もかえ」

「誰が帰すかよ。こっちにこい」

耳元で凄みのある声を出され、ひくっと喉《のど》が鳴りすくみ上がる。

動けないでいると、摑《つか》まれたままだった腕を乱暴に引かれ連れて行かれる。途中、スタッフステーションに寄ると、政臣は壁のキーボックスからどこかの部屋の鍵をとってポケットに入れた。

ついでに、通りがった女性に「えっと、五十鈴《いすず》さんだっけ……これから少し休憩に入るから」と伝言を頼む。格好から、彼女は派遣の医療クラークだろう。

ネームホルダーには五十鈴香《かおり》という名前の上に、病棟クラークという記載があった。入院患者に関する事務作業をしているスタッフだ。

ノンフレームの眼鏡をかけた彼女の目が、「なんなのこの子？」と言いたげに茉莉を一《いち》瞥《べつ》する。その視線の先をたどると、いつの間にか手を繋がれていてぎょっとした。製薬会社の女性ＭＲの腕を摑んでいるのも大概だが、手を繋いでいるなんてかなり不自然だ。

彼女の横をすり抜けるとき、眼鏡の奥の瞳がするどく眇《すが》められ、目尻のほくろの辺りに皺ができるのが見えた。

昔から、この手の視線には覚えがある。彼女も政臣が好きなのだろう。

「政臣……じゃなくて、黒木さん！　は、離してください！」

人目がなくなった廊下で声を上ずらせ手を振りほどこうとすると、立ち止まった政臣が不敵な笑みでこちらを見下ろす。普通の男がやったら気持ち悪いだけの表情も、造作の良い政臣がすると様になる。

不覚にも胸が高鳴って顔を赤らめると、手をぎゅっとさらに力を込めて握られる。頬だけでなく、耳の先まで熱を持ってくるのがわかって泣きたくなった。

「嫌だね。離したら逃げるだろ」

「に、逃げない！　逃げませんから……変な誤解を招くようなことはやめてください。会社的にまずいので」

まだ研修中だが、茉莉はサニー製薬の女性ＭＲ――主に製薬会社の営業をする医療情報担当者だ。

茉莉は新卒採用でサニー製薬に入社し、先月まで医療や薬学の基礎知識やビジネスマナーなどの導入研修をしていた。その研修期間に、医者と個人的に親しくして誤解を招くような行為はしないよう言われている。誤解とは枕営業などで、そんな行為がバレたら今の時代いろいろ問題になる。特に茉莉は女性MRなので、相手の医者がそういう行為を期待したり強要される場合もあるかもしれないので、気をつけるようにと釘《くぎ》を刺されていた。

今のこの状況は非常にまずい。そうでなくても、政臣との関係が会社に知られていいことはない。

「誤解ね。あながち間違ってもいないだろう。お前の仕事とは関係なく、援助はしているんだから」

政臣の声に艶が混じり、意味深に口元の笑みが深まる。ぞわっ、と背筋が粟立った。

「そっ、それは……っ」

反論したくてもできなくて、唇を嚙んで政臣を睨みつける。じわっ、とにじんできそうになる涙をこらえる。

三年前。姉がああなる前の彼を思い出し、胸がきりっと痛んだ。

優しくて誰よりも信頼していた。自分に牙を向けてくるなんて微塵《みじん》も思っていなかった。あれから政臣は人が変わってしまったように、茉莉を傷付ける。まるでそれが彼の権利だとでも言うように。

なにより嫌なのは、本気で抵抗できない茉莉自身だ。嫌なのに受け入れてしまっている。彼に支配されることに、悦びまで感じている自分を許せない。

悔しさにうつむくと、猫っ毛の前髪をくすぐるように溜《た》め息が降ってきた。ちらりと見上げた政臣の目に、ふっと寂しげな色が揺れている。けれどすぐに、それは意地悪な視線に変わり、繋いでいた手を意味ありげに指で撫でられる。

手の甲から胸にかけて、甘い痺《しび》れが電流のように走る。視界がくらりと揺れ、膝が震えた。

この程度のことで、と恥ずかしくなる。

茉莉の動揺に気づいていた政臣がくすっと笑って、身を屈めた。

「お前はほんとに可愛いな、茉莉」

名前を呼ぶ低い声が甘く耳朶《みみたぶ》をかすめ、唇が首筋に触れた。茉莉は声にならない悲鳴を上げ、逃げようと後退《あとずさ》る。けれど、取り出した鍵で近くの部屋のドアを開けた政臣に、繋いだ手をぐっと引っぱられ中に連れこまれた。重い鉄製の扉が閉まると、背後でがちゃりと鍵のかかる音がした。

寒さすら感じる廊下に比べ、ぬるい室温の部屋にエアコンはなかった。冷房で冷え切っていた体がほっとする。

普段あまり使われていない備品が保管されている場所のようだった。奥にダンボールや使っていない机やソファが置かれ、埃《ほこり》をかぶっている。狭く、明り取りの窓から入ってくる陽光だけで、全体的に薄暗い。嫌でもこの先の行為を予想して、冷たいドアに押しつけられた背中が緊張した。

政臣の大きな手が頬を包み込み、すうっと撫でる。茉莉はぎゅっと目を閉じ、びくびくと震える体を硬くする。

だが、いつまでたっても荒々しい口づけも、気持ちを無視した愛撫《あいぶ》もされない。上目遣いで政臣をうかがうと、観察でもするようにじっとこちらを見下ろしていた。

「……話をするだけのつもりだったのにな。そんな顔されると我慢できなくなるだろ」

「えっ……あ、あの黒木さん？」

「気持ち悪いから、仕事以外で苗字で呼ぶなよ。敬語もやめろ」

不快感も露わに顔を歪《ゆが》めた政臣が、凄みのある声を出す。彼の苗字を呼んだのも敬語を使ったのも今日が初めてで、茉莉としても座りが悪かったので素直にうなずく。

「で、お前はなんでMRなんてやってるんだ？　前に聞いた就職先と違うよな」

頬を撫でていた手が、首筋をたどり茉莉の細い首にかかる。片手だが、政臣の大きな手だけで締め上げられてしまいそうに感じ、ひっくと喉が震えた。

「正直に答えろ。俺を騙《だま》したな？」

暗い目の奥に怒りの色が見てとれて、息が苦しくなる。首に添えられた手に力はこもっていないのに窒息しそうだ。

「だんまりかよ……まあいいか」

茉莉が目を伏せ唇を噛んでいると、投げやりな声が降ってきた。

「MR認定試験はまだだよな。周りに迷惑がかかる前に、今すぐ辞めろ」

「なっ……！　政臣に口出しされる筋合いないから！」

正式なＭＲになるには製薬会社などに入社して導入研修やＯＪＴを経て、認定試験に合格しなくてはならない。ＭＲ認定試験に合格しなくても仕事はできるのだが、持っていて当たり前の資格なので、不合格になると現場には出られなくなるのが普通だ。そのためＭＲ職の研修はとても手厚く、試験のある年末まで丁寧《ていねい》に様々なことを教えられる。

茉莉も入社して四ヵ月。みっちり机上での研修を受け、今月からやっと現場研修になった。それまでの努力を水の泡になんてしたくない。なにより育ててくれている会社に申し訳なかった。研修中でもしっかり給与は出ているのだ。

「絶対に辞めないから」

強く睨みつけるが、鞄《かばん》を持つ手は震えていた。それを見て、ハッ、と政臣が鼻先で笑う。

「お前に誘われたとでも言ってやろうか？　こういうことは迷惑だって。そうしたら、会社はお前をどう処分するんだろうな？」

脅しだ。だが、政臣ならやりかねないし、彼の言うことなら会社も信じるかもしれない。信じなかったとしても、新人でまだ一人前のＭＲでない茉莉のほうが切り捨てられる。黒木総合病院はお得意様なのだ。

けれどここで引くわけにはいかない。彼を欺《あざむ》いてまで手に入れた職だ。茉莉は唇を噛み、「辞めろ」と繰り返されても、頑なに返事をしなかった。政臣の顔がだんだんと剣呑《けんのん》になっていく。

「茉莉……言うことがきけないのか？」

目の前が陰り、吐息が唇にかかった。じっと茉莉の目をのぞき込む闇色の目に、体の芯がいやらしく痺れる。嫌なのに、逆らえなくなる。

初めてのときを思い出し、体が動かない。

「だいたいお前は、俺に口答えできる立場じゃないだろ。皐月のこと、どうでもいいのかよ？」

それを出されると弱い。けれど、やっぱり引けなかった。

「でも、いやっ……辞めない」

声が上ずる。こんなことで泣きたくなんてないのに、視界がにじむ。彼にどうしたって敵わない自分の立場が悔しくて、情けない。

「なんで……なんで意地悪するの？　政臣に、私の未来まで奪う権利なんてないのに」

震える唇を引き結ぶ。いい年をして泣くなんて恥ずかしい。

こらえようと眉間に力を入れると、舌打ちが聞こえた。濡れた目で見上げる。政臣がなぜか苦しそうな顔をして、息を乱す。

「くそっ……泣くな、バカ」

首にかかった手に力が入るが、すぐに緩む。政臣の少しカサついた指が、首筋を這い上がり耳の後ろを撫でた。

ぞわり、とうなじが甘く疼《うず》く。変な声がでそうになり、首をすくめた。

「弱いんだよな。泣かれると……」

「え？　なに……んんっ！」

意味を聞こうとした唇を荒々しく塞がれ、後頭部をしっかりと抱えられる。

逃げようなんて気持ちは、貪るような口づけに食い荒らされてしまう。

角度を変えて何度も重ねられ、唇を甘嚙みされる。痛みと息苦しさに薄く開いた隙間を、乱暴に割り開いて舌が入ってくる。口腔《こうくう》を嬲《なぶ》る舌に息が上がり、頭がじんっと痺れてなにも考えられなくなった。

強引なのに、政臣のキスはいつも丁寧で甘ったるい。奪われていく思考に、喉が鳴る。逃げ惑っていたはずの舌を自らからめ、ねだるように彼の白衣の胸元にすがりついていた。

嫌なのに、脅されての行為のはずなのに、いつもこうなる。初めてのときもそうだった。

政臣は執拗な口づけで茉莉をとろけさせてから、すべてを奪っていく。無理やりで合意なんてないのに、本気で嫌がれないのはこのキスのせいだ。

さらに深く唇が重なり、首がのけ反る。飲みきれなかった滴が口の端からこぼれ、二人の間で濡れた音が上がった。

「んっ……んっあぁ……はぁ……」

「わかったよ。お前の好きにすればいい……けど、見張らせてもらうからな」

吐息が唇にふれる距離で、睦言《むつごと》のように甘く囁《ささや》かれる。「いいな」と念押しされると、意味もわからずうなずいていた。

再び口づけられると力の抜けた腕から鞄が滑り落ち、スーツの上着を脱がされていることにも気づかなかった。

シャツの上から胸を揉《も》みしだかれ、膝を割り開いて侵入してきた政臣の脚に、タイトスカートがたくし上げられる。彼の脚に跨《また》がるような格好にされ、薄いストッキング越しに内股をこすられた。ズボンの粗い布地の感触に、体がびくんっと跳ねた。

「だっ、め……あ、あぁンッ！」

お腹のあたりに、いやらしい熱が集まってくる。まとっている衣服がいとわしい。布越しの愛撫だけではもどかしくて、直接触れてほしくなる。その先の快感を教え込まれた体は従順で、政臣の手に逆らえなかった。

シャツのボタンを外す指先が、肌をかすめる。ぴりぴりと静電気のような快感に、ブラの下で乳首が硬くなっていく。こすられる内股の奥から、とろりと蜜があふれてくるのがわかった。

「あぁ、はぁん……政臣ぃ……っ」

ねだるような、鼻にかかった声が出てしまう。それを嘲笑《あざわら》うように政臣の吐息が首筋にかかり、舐められる。

「なんだよ、その声？　欲しいのか？」

「ん……ちがっ」

「違わないだろう。こんなに濡らして……」

政臣の脚がぐっと上がる。急に内腿《うちもも》を強くこすられ、びくびくと背筋を快感が駆け抜ける。

「いやあぁ……あぁぁ！　んっ。はぁ……んっんぁ……だめぇ」

濡れたショーツとストッキング越しに政臣の筋肉質な腿がぐりぐりと乱暴に押し当てられる。直接触れられたわけでもないのに、恥部がはしたなく痙攣《けいれん》し、蜜をさらにあふれさせた。

「やっ、やっ、政臣のズボン汚しちゃう……から、だめぇ」

自分の下着だけでなく政臣まで汚すのが恥ずかしくて、意地悪する腿を手で押しやる。けれどさらに強く股の間に押しつけられ喘《あえ》いだ。

「バカ。お前、こんなときに人のこと気にして……我慢できなくなるだろ」

耳元で政臣のかすれた声がして、体がふっと離れる。

「少し早いけど、いいよな？」

低い熱のこもった声がして、政臣が白衣を脱ぐ。なにがいいのか、わからずにぼんやりしていると腕を引かれ、部屋の奥に連れて行かれる。ばさっ、と白衣が広げられた机の上に、やや乱暴に上半身を伏せるように載せられた。

ふわり、と白衣からする政臣の香りに包まれ、体が疼く。スカートの中に入ってきた手がストッキングと下着を荒々しく引き下ろし、腰をぐっと持ち上げるように引かれる。濡れた秘所に、硬いモノが押し当てられ、ひくんっと体の奥が反応した。

「あ……やぁ、まだ……ひっ、あああぁ……っ！」

ほぐれきっていない蜜口を引き裂くように、一気に塊が入ってきた。性急すぎる繋がりに、びくんっと全身が跳ね、中がうねるように収縮する。

すでによく濡れそぼっていたそこに、痛みはなかった。それよりも、強くこすり上げられた衝撃で視界がぶれる。きつい快感が体の芯を穿《うが》つ。

「やぁ、いやぁあああぁ……ぁっ、まさお、みッ」

疼いていた中は雄を締め上げるようにからみつき、あっという間に達した。早すぎる絶頂感に膝ががくがくと震える。

耳元で、くすりと笑うのが聞こえた。

「そんなに欲しかったのか？」

「や、そんなんじゃ……」

「こんなに締め付けておいてか？　まだ、ひくついてる」

余韻で震える中をかき回すように、政臣が腰を揺らす。ぬちゅりと濡れた音をたてて蜜をこぼしながら、こすられた入り口が雄の形を感じるぐらいきつく締まる。背中で政臣が息を詰める音が聞こえた。

「誘うなよ……っ」

切羽詰まった声が耳朶を打ってすぐ、政臣が動き出す。からみつく中を引き離すように強引に抜かれ、一気に貫かれる。

「あっ、ひゃあ、あぁぁ……待って、やああ、あぁあっ！」

茉莉が落ち着くのを待ってくれない動きに、病院内なのも忘れて悲鳴のような嬌声《きょうせい》を上げてしまう。

「うっ……あ、あンッ……だめぇッ、声が……！」

「ここ、めったに人がこないから気にするなよ。まあ、俺はバレてもどうでもいいけどな」

跡取りである政臣なら、この程度のことなど揉み消せるのだろう。けれど茉莉は嫌だ。噂《うわさ》になるだろうし、他のＭＲの耳に入れば会社にも伝わり、なんらかの処分が下されるかもしれない。まさか政臣はそれを狙っているのだろうか。

「やっ、絶対に嫌だから……ひっ、いんンッ」

自分の手で口をおおって声を抑える。邪魔するように、政臣の行為が激しくなった。

ぐちゅぐちゅと、濡れた音が室内に響く。腰をぐっと強く摑まれ、より深く中をえぐられる。駆け抜ける快感に膣《ちつ》が激しく痙攣する。いつの間にか机と茉莉の間に入った手がシャツをはだけさせ、ブラをずり下げた。押しつぶされていた乳房をまさぐられ、硬くなっていた乳首をつままれる。

それまで放置されていたそこは、やっと与えられた刺激に痛いほどの快感を拾う。

「んっ……んん……ッ！　やぁ……！」

抑えている声が漏れそうになる。ぐりぐりと乳首を押しつぶすように愛撫されながら、中を突かれる。乱暴なのに、茉莉の感じる場所を執拗に刺激してくる熱塊に目眩《めまい》がした。

場所も忘れ、快感を追って自ら腰を揺らす。もっと欲しくて、頭がそれしか考えられなくなる。

「はっ、あぁ……んっ！　ひっ、あ……んん…！」

腰を強く摑まれ、引き寄せられる。背中に載っていた熱が密着し、シャツがはだけた肩口に唇が吸い付く。甘噛みされ、ぴりっとした痛みが走るのと同時に、より深くをえぐられる。

「ひっ、あぁぁ――……ッ」

内壁が激しくうねる。さっきよりも大きな快感が迫ってきて腰が跳ねた。二度目の絶頂を迎えるのをわかっていたように、政臣のモノが最奥を強く突いた。

お腹の奥で弾ける快感に蜜口が痙攣《けいれん》し、目の前が白くなる。政臣の熱が中に吐き出されるのを感じながら、茉莉は意識をふっと途切れさせた。

「んっ……ここは？」

どれぐらい意識を飛ばしていたのか。茉莉が重い瞼《まぶた》を開くと、政臣の白衣にくるまれてソファに寝かされていた。頭の下にはなぜか政臣のハンカチがあり、その下にクッションがあった。

窓から差し込む日差しはそんなに傾いていないので、寝ていたのはほんの数十分だろう。

手足がひどく重くて怠《だる》い。白衣の下の衣服はまだ乱れたままで、ショーツが中途半端に

脱がされた下半身が濡れていて気持ち悪かった。直さなくてはと思うのに、頭はぼうっとして体が動かない。どういうわけかストッキングはなくなっていた。

部屋に政臣はいなかった。さっきまで抱かれていた机には、茉莉のジャケットと鞄が置かれている。

置いていかれたのだろうか。こんな状態で。

ぎゅっ、と締め付けられるように痛くなる胸に顔をしかめる。恋人でもない、こんなふうに抱かれるような関係なのだから当たり前のことなのに、なにを傷ついているのだろう。

忙しい政臣が、抱いたあとに茉莉を置いていくのはいつものこと。けれど、こんな場所にこんな格好のまま放置されたのは初めてだ。意識だって失っていた。

ドアの鍵は閉まっているが、誰か入ってくるかもしれない。不安だし、そういう状況で捨て置いていい存在として扱われたようで泣きたくなった。みじめだった。実際、茉莉なんて政臣にとってその程度なのだろうが、こう見せつけられると悲しくなる。

じわり、とにじんでくる涙に噛み締めた唇が震える。泣いてしまおうか。誰もいないのだからと、嗚咽を漏らしかけたところで唐突にドアの鍵が開く音がして、茉莉は飛び上がるように体を起こす。

「お、目が覚めたか。よかった」

目を見張る。戻ってこないと思っていた政臣が、院内にあるコンビニのビニール袋とタオルを持って部屋に入ってきた。

「え……なんで、戻ってきたの？」

「なんでって、そのまま置いていけるわけないだろ。それに俺の白衣だってある」

「白衣？　あ……」

茉莉の体を包む政臣の白衣を見下ろす。かあっ、と頬が熱くなった。簡単なことに気づかず、置いていかれたと思って泣きそうになっていたのが恥ずかしい。

「ご、ごめん……すぐ返すから」

意識を失ったあと、握りしめたりしていたのかもしれない。それで政臣は白衣を取り戻せなくて、こうなったのか。わからないけれど、自分が悪かったのだと思い、茉莉は情けない気持ちで白衣を脱ごうとしたが、その手をやんわりと政臣の手に包まれ止められた。

「いいよ、まだそのままで。お前が埃まみれになるだろ」

「埃……？」

「ここ掃除されてないからな。そのままソファに寝かせたら汚いだろ。衛生面的によろしくない」

ぽかん、として瞬きした。政臣がわざわざ白衣にくるんでくれたのだろうか。そういうニュアンスだった。そういえば、頭の下にはハンカチが敷かれていた。

クッションの上に残されたハンカチを見下ろす。さっき埃だらけの机の上で抱かれたときも、白衣を敷いてくれた。

心臓が変なふうに鼓動を刻む。なぜそんな気遣いをしてくれるのだとか、まるで大切にされているみたいだとか、妙な期待で胸がいっぱいになる。どんな顔をすればいいかわからなくてうつむくと、茉莉の浮足を咎めるような声が降ってきた。

「たくっ、これぐらいで失神するからあせった。今までこんなこともなかったし、なんか無理させたのかと……思わず、脈はかって瞼開いて診察したぞ」

淡い期待をしかけていた心に、殴られたような衝撃が走る。さっきとは違う意味で顔を上げられない。

行為のあとに意識を飛ばしていたら、白目をむいた姿を見られたのかと思うとそわそわしていた気持ちが冷める。情緒がない。そういう関係でないのは知っているが、さすがにどうなのか。

白衣のこともそうだが、衛生面とか診察とか、ただの医者的立場からの行動だ。そこに甘い意味なんてなかったのだ。

「軽い貧血だな。爪の色も悪いし。やる前に気づけばよかった。お前、ちゃんと寝て食べてないだろ。研修、大変だと思うが倒れたらどうすんだよ。独り暮らしで、看病してくれる家族はいないんだから、もっと自分を大切にしろ」

偉そうに諭す政臣に苛つく。

「政臣には言われたくない……自分を大切になんて……」

八つ当たり気味に返す。誰よりも、茉莉を大切に扱っていないのは彼だ。

「……悪かったよ。こんなとこで抱いて」

すっ、と伸びてきた指が、茉莉の目尻にたまっていた涙を拭う。腫れ物を扱うような指先の優しさと、見上げた政臣の切なそうな表情に怯《ひる》む。

どうして、そんな顔をするのだろう。まるで本気で反省しているみたいだ。ありえない。

呆然《ぼうぜん》としていると、政臣は売店の袋からパックの飲料を取り、付属のストローを挿して茉莉の前に差し出した。

「とりあえず、これでも飲んどけ。効果あるかわかんないが、ないよりマシだろ」

ぽかん、と開いていた唇に、半ば強引にストローを突っ込まれる。反射的にパックを受け取り、ストローを吸うとプルーン味のヨーグルト飲料だった。パックには、これで一日分の鉄分がとれると書いてある。

妙な気遣いに、呆気《あっけ》にとられる。わざわざこれを買いにいってくれたのだろうか。面映さに口元がもぞもぞするが、医者の立場からくる行動かと思うと素直に喜べない。

複雑な気持ちで、ずずっとストローを吸う。政臣は、濡れタオルを手に茉莉の足元に跪《ひざまず》いた。

「え……なに？　きゃっ、いやあっ！」

合わさっていた白衣の前を唐突にはだけられ、スカートがめくれ上がった足の間に濡れタオルを持った手が入ってくる。ひやり、とした内腿を撫でる感覚に悲鳴を上げた。

「綺麗《きれい》にするだけだ。大人しくしてろ」

反射的に閉じようとした膝を押さえられ、さらに奥へと手が進み、汚れた腿の内側を清めていく。まだ敏感な肌は甘くざわめき、腰が震えて恥ずかしい声が漏れる。

「んっ……んっ、やめっ。自分でする……ひゃあっ！」

濡れタオルを奪おうと手を伸ばすと、まだ潤んでいる恥部を拭き上げられた。タオル地のざらりとした感触に、蜜口がわななく。ひくん、と奥が跳ねて疼いた。

「やっ……やだぁ」

せっかくとまった蜜が、またあふれてきそうな感覚に体が火照る。くっ、と政臣が喉の奥で笑うのが聞こえた。

「これじゃあ、いつまでも綺麗にならないな」

下から見上げられ、「続きでもするか？」と甘く揶揄《からか》われて耳の先がカッと熱くなる。羞恥《しゅうち》と怒りで、政臣の肩を突き飛ばし、その手から濡れタオルを奪った。

「じ、自分でするから……あっち向いてて！」

「わかったよ。あと、これ乾いたタオルもあるから使え」

立ち上がった政臣が、笑いに喉を震わせながらもう一枚のタオルを押し付けてくる。無駄に用意がいい。有り難いけれど、このどうしようもない感情の行き場がなくて全身が震えた。怒りなのか羞恥なのか判別のつかない熱で顔が火照る。

政臣が背を向けるのを確認し、手早く体を清めてショーツをはいた。するとそれを見計らったように政臣が言った。

「あ、忘れてた。これもやる。伝線してたからさ……ないと困るだろ」

売店の袋をごそごそいわせたかと思うと、肩越しに新品のストッキングを振る。もう、なにも言わずにその手からストッキングを奪った。

なんなのだろう、この無駄な気遣いは。

どれも茉莉の羞恥心を煽る。気遣いではなく意地悪や揶揄いなのかもしれない。きっとそうだ。

イライラしながらストッキングとパンプスをはき、白衣をソファに脱ぎ捨てる。軽く舞う塵《ちり》と、白衣の表をうっすら汚す埃が視界の端をかすめ、胸が甘く痛む。茉莉のスーツには埃のひとつもついていない。

「……帰る。もう用なんてないでしょ」

政臣の横をすり抜け、鞄を摑んでドアに向かう。ノブに手をかける寸前、後ろから腰に腕が回り抱き寄せられた。

「待てよ。忘れもの」

頰に吐息がかかる距離に、どきりとして息が止まる。手渡されたのはスマートフォンで、なぜ政臣がと目を丸くして振り返る。

「生理予定日の管理アプリを見させてもらった。危険日じゃなくてよかったな。我慢できなくて、つい避妊するの忘れてたからさ」

「なっ……！」

「てか、パスワードが単純すぎる。簡単に解除できたぞ。無防備だから変更しとけ」

「なに勝手なことしてんのっ！　最低！」

頭に血が登り、怒りで唇の端がひくつく。政臣はそんな茉莉を見下ろし、ふと真剣な表情になる。じっと、至近距離で目を合わせられ、投げつけようとしていた罵《ののし》りの言葉が引っ込む。

腰を抱く腕の力が強くなり、政臣がもう片方の腕を壁につく。檻《おり》のように囲い込まれ逃げられない。

「もし、妊娠してたら言えよ。きちんと責任とるからな」

「え……なに、言って……」

二人の関係に相応しくない言葉なのに、あまりにも真摯《しんし》な響きを帯びていて気圧される。変な期待をしてしまいそうになる。

「一人で抱え込んだりすんなよ。まあ……こっちとしては妊娠でもしてくれたら好都合なんだがな」

そう言って、嫣然《えんぜん》と微笑む政臣に胸の内がざわめく。返す言葉が見つからなくて唇がわななないた。

「それから、あの茂木とはあんまり関わり合いになるな。よくない噂《うわさ》がある。できれば教育係を替わってもらったほうがいい。お前から言えないなら、俺から会社に連絡する」

「は？　なに勝手なこと……やめてよね、会社に連絡なんて！」

さっきの「好都合」の意味を聞きたかったのに、今の話ですべて頭の中から消し飛ぶ。

黒木総合病院の跡取りから、会社に連絡なんてされたくない。それも茉莉の教育係を替えろだなんて、政臣とどういう関係なのか勘ぐられる。

「私の仕事に口出ししないで！　もし会社に連絡してきたら……えっと……茂木さんと仲良くするから！」

政臣相手に脅せるネタなどひとつもない。だが、苦し紛れに放った言葉は効果があったらしく、政臣の眉間に皺が寄り目尻がぴくりと痙攣した。その隙に拘束する腕を振りほどき、部屋から飛び出した。

背中に「こらっ！　待て！」という声が聞こえたが無視して廊下を走る。ちょうどやってきたエレベーターに乗り込み、いつもの癖で五階のボタンを押していた。

姉が入院している部屋の階だった。

2

そっと病室のドアを開ける。

ドア横のネームプレートには偽名が書かれている。有名人やＤＶ被害者を入院させるときにとる処置だと政臣は言っていた。本名を知るのは担当医と自分たちだけで、事務方も信用できる上の人間にしか伝えていないと聞いた。

姉の事故に不審なものを感じた政臣が気を回してくれたのだ。姉の身柄を守るために。

ピッ、ピッ、と電子音だけが響く白い個室には、ベッドが一台。酸素マスクやいろいろな管に繋がれた姉——皐月が寝かされていた。

「お姉ちゃん、久しぶり……」

茉莉はそっと声をかけ、眠り続ける姉を見下ろす。長かった髪は世話をしやすいように短く切られ、簡素な病院着を着せられている。筋肉の落ちた体は、以前より骨ばっていて頼りなげで、肌も乾燥して少し荒れているが、顔色は悪くない。なにも知らなければ、ただ眠っているだけのように見えるだろう。

「茉莉だよ。いつまで寝てるの？」

ちりっ、と胸が焼けるように痛む。眠り続ける姉の頬に伸ばしかけた手を、さっきまで政臣に抱かれていたことを思い出して引っ込めた。触れてはいけないような気がした。

訪れたのは約三週間ぶりだが、相変わらずなんの反応もない姉に溜《た》め息がこぼれる。

「あら、茉莉ちゃん。久しぶり」

軽いノックの後、静かにスライドしたドアから顔をのぞかせたのは、姉を担当する看護師だった。

「朋美《ともみ》さん……ご無沙汰してます。なかなかこれなくて、すみませんでした」

慌てて頭を下げる。

真っ直ぐな黒髪を顎のあたりで切りそろえた長谷川《はせがわ》朋美は、首をゆるく振り優しげに目を細めた。猫のような身のこなしで、するりと音もなく部屋に入ってきた彼女は、姉より三歳上と聞いているが、小柄なせいかもっと若く見える。

「いいのよ。私は皐月の友達だし、仕事でもあるんだから」

黒木総合病院の看護師である朋美は、皐月の専属だった。政臣がそうなるよう手配してくれていて、病院の仕事は手が空いているときにだけしているそうだ。

普通は家族がするような世話や手続きも、彼女が茉莉の代わりにやってくれる。家族が他にいない自分にとって、なくてはならない存在だ。

「でも、このところずっと姉の世話を押し付けてしまって……」

「就職のことは事前に聞いていたし、忙しかったんでしょう？　研修はどうだったの？」

研修が始まる前、学生の頃のように頻繁《ひんぱん》に姉の世話をしにこられなくなることを、朋美には話してあった。政臣にバレるのが嫌だったので、MRの研修だとは伏せて事務職に就いたと嘘をついていた。

首にかかっていた訪問証を見て「あら」と彼女から声がもれる。

「皐月と同じ会社ね……もしかして、MRになったの？」

朋美の顔が強張ったように見え、気まずさに肩をすくめる。

「あっ、はい。嘘をついてすみませんでした」

「ううん……いいの。そう、MRになったのね。だったら研修、大変だったでしょう？」

返ってきた苦笑は自然なもので、茉莉の嘘を責める響きはない。ただ、やっぱり表情が硬い。

「MRってことは、まだ研修中よね。現場研修になったから、ここにいるのね」

看護師の彼女は、説明しなくても茉莉の状況をよく理解していた。

「大変な時期よね。覚えることも多いし、これから試験もあるし。毎年、新人のMRさんが忙しそうにしているわ」

どこか懐かしむ声だった。眠る姉の検温をし、脈を測ったりと簡単な検診をしながら、朋美がふふっと笑みをこぼす。

「試験も控えてるからピリピリするのよね。皐月も、この時期は余裕がなかったって前に言ってたわ」

「そういえば、就職したての姉とよく喧嘩《けんか》しました。祖母が倒れて入院したりして、姉は仕事と家のことでとてもストレスを溜め込んでいたのかも」

茉莉が十歳の頃、二人の両親は事故で他界。健在だった祖父母に引き取られた。幸いなことに祖父母はそこそこ稼いでいて、都内の下町に家を構えていた。贅沢はできなかったが死んだ両親の保険や慰謝料もあり、姉妹はお金に不自由せずに育った。

矍鑠《かくしゃく》としていた祖父が急に亡くなったのは、ちょうど姉が就職し、茉莉が大学に合格した頃だ。息子たちの忘れ形見が立派に育ち、ほっとしたのかもしれない。祖父の葬儀を終えると、祖母も病にかかり入退院を繰り返すようになった。

姉妹で助け合いながら祖母の看病をした。けれど、社会人になりたての姉のほうが負担が大きかったはずだ。家事や看病をするだけの茉莉と違い、姉はいろいろな手続きや家計のやり繰りにも奔走していた。遺産や保険はあったが、税金の支払いや祖母の介護費用に茉莉の学費など、支出も大きかったのだ。

「今ならお姉ちゃんがどれだけ大変で不安だったかわかるのに、あの頃の私は大学生になったばかりで浮かれてて、なにもわかってなかった。だから、あんな事故を……」

「茉莉ちゃん、それは違うわ」

ベッドの柵を握りしめ唇を噛む。その背中を朋美が慰めるように撫でた。

三年前、長い闘病の末に祖母が亡くなった後、姉は会社からの帰宅途中に自動車事故を起こした。一命はとりとめたが、それからずっと意識不明だ。

「あなたのせいじゃない。あれは事故だったのよ」

「でも、お姉ちゃんは薬を飲んでたって。警察の人が……」

背中に添えられた朋美の手がこわばるのがわかった。

「私、なんにも知らなかった。一緒に暮らしてたのに、お姉ちゃんが精神科に通ってたなんて」

姉は事故当時、向精神薬と睡眠薬を服用していたと担当した警察官から教えられた。事故があったのは夜だったので、帰宅して寝る時間に合わせて薬を飲んだのではないかと言っていた。

その薬のせいで、急に襲ってきた眠気に対応できず車道から外れて歩道に乗り上げ、ブレーキとアクセルを踏み間違えて電柱に激突した。それが警察の見解で、自損事故として処理されたのだ。巻き込まれた被害者がいなかったことだけは幸いだった。

けれど、当時からその見解に違和感があった。姉はなにか悩んではいたようだが、精神科に通うほど気落ちしているようには見えなかった。それにあの日は、仕事から帰ったら大事な話があると言われていた。渡したい物もあると。

そんな日に、薬を飲んで帰宅するだろうか？

警察におかしいと訴えたが、診察券と薬が会社のロッカーから見つかった。妹に心配かけないよう、家では普通に振る舞っていたのだろう。大事な話をするというのも、うっかり忘れていたのではないか。そういうことはよくある、と適当にあしらわれた。事件性があるような事故ではなかったので、仕方のないことだった。

「朋美さんも、お姉ちゃんが通院してるの知らなかったんですよね？」

「ええ、なにも聞いてなかったわ」

「政臣も知らなかったみたいなんです。それがずっと引っかかっていて……」

茉莉と同席していた政臣は、通院や薬の話を聞かされたときに「それはおかしい」と反論していたのだ。

「デリケートなことだし、誰にも言っていなかったのは不思議なことではないわ。精神科に限らず、そういう患者さんはよくいるし」

「でも、なんか腑《ふ》に落ちなくて」

姉はMRなだけあって薬には詳しかった。運転が危うくなるような薬を飲んでハンドルを握るなんて考えられない。

警察にもそう訴えたが、副作用の出方は人それぞれで、その日の体調にも左右される。いつもは大丈夫だったから飲んだのではないか。今回はたまたま運が悪かっただけなのだろうと、取り合ってもらえなかった。

政臣にも確認したが、警察の言うことは間違ってはいないと苦虫を嚙み潰したような顔で返された。睡眠薬にしても、強いものではないという。

だが、茉莉は納得できなかった。

「もしかしたら、お姉ちゃん誰かに騙《だま》されて薬を飲まされたんじゃないかなって。あの夜、ちょっと帰りが遅くなるかもって連絡があったんです。誰かに会ってたのかもしれない……会社とか、仕事関係の人とか」

「茉莉ちゃん……もしかして、それを調べるために皐月と同じ会社に就職したの？」

「警察はなにを言っても、事件性がないからって調べてくれなかったんです。通院を断定したのもロッカーに薬と診察券があったからってだけで、本当に姉がその病院に行ったかなんて調査してないんですよ。遅くなるって連絡があったことを伝えても、人と会う約束ではないかもしれないし、ただの買い物かもしれないって否定するばっかりで」

朋美の質問には答えず、茉莉は眠り続ける姉をじっと見つめ、憤懣《ふんまん》を吐き出した。

「病院も守秘義務とかで、家族にも教えてくれないし。会社に乗りこんで調べるなんてこともできないので……でも、私が同じ会社でＭＲになったなら、なにかわかるんじゃないかなって。それだけです」

「それだけって……なにかあったらどうするの？」

心配そうな声音の中に、微量に戸惑いが混じっている。そう聞こえるのは、勘ぐり過ぎだろうか。

「なにかって、なんですか？　なにかあるって、朋美さんは思うんですか？」

自分でも驚くほど、棘《とげ》のある声がもれた。

背中に置かれていた朋美の手が、びくっと震える。横目で見れば、硬い表情で口をつぐんでいる。朋美もなにか知っているのかもしれない。

「ごめんなさい、変なこと言って。朋美さんはなにも悪くないのに……」

多分、政臣に口止めされているのだ。茉莉が危険に近づかないようにと。

そうやって、守られているのがもどかしい。政臣との関係が変わってしまったのも、この事故が関係しているのではないか。そう考えられるようになったのは、彼に脅されて抱かれることに慣れた頃だった。

「今日はもう帰りますね。仕事も落ち着いてきたので、休みの日にはきます。それまで姉のこと、よろしくお願いします」

「無理はしないでね。私にできることがあったら力になるわ」

気休めにしか聞こえない言葉へ曖昧《あいまい》に笑い返し、逃げるように病室を出る。

政臣に抱かれたあとにきてはいけなかった。姉への罪悪感や嫉妬で冷静さを欠き、朋美に八つ当たりをしてしまった。

事故が起きる数日前、姉は結婚情報誌を買っていた。ウエディングドレスのカタログもあった。いくつも付箋のついたそれについて、茉莉は怖くてなにも聞けなかった。

きっと相手は政臣だ。大事な話というのも、結婚のこと。聞きたくなかった。

姉がこうなってしまったのは悲しいのに、結婚話を聞かなくてすんで安堵《あんど》もしていた。

こんな自分にずっと嫌悪感がまとわりついている。

事故の真相を知りたいのは、姉の仇《かたき》をとりたいからではない。

自分のためだ。政臣との関係が拗《こじ》れるきっかけとなった原因を暴き、犯人がいるなら責任を取らせたい。それ以外に、姉に詫《わ》びる方法が茉莉にはわからなかった。

＊　＊　＊

政臣と知り合ったのは、祖父母の家に越して一年ほどたった頃。転校先の高校で、友達になったと姉が連れてきたのだ。

「はじめまして。俺はお姉さんのクラスメイトで、黒木政臣だ」

ところどころ色ガラスのはまった年代物の格子戸の玄関を背に、茉莉に視線を合わせるよう屈んで微笑む政臣はとても大人びて見えた。優し気に細められた黒い瞳が綺麗で、胸がとくんと跳ね、じわりと甘い熱が広がる。とくとくとスピードを上げる鼓動は、いつもよりいちオクターブ高い音を奏でていて、茉莉はすぐに挨拶を返せなかった。

「ちょっと黒木、うちの妹をタラシこまないでくれる」

「宮下……言いがかりだ」

「女運が悪いからって、小学生に手を出したりしないでよね」

横にいた姉が、政臣の脇腹を小突いて軽口を叩く。政臣は嫌そうに眉をしかめ、溜め息をついた。

「人をなんだと……」

体を起こして姉を睨む彼の興味が自分からそれたことで、やっと声が出た。

「あの……宮下茉莉です！　姉がいつもお世話になっております！」

舌を噛みそうになりながらそう言って頭を下げると、一拍置いてからくすくすと低い笑い声が降ってきた。

「ちょっと茉莉、なんなのその挨拶。まるで私が周囲に世話をかけてるみたいじゃない」

「その通りだろ。よく出来た妹だな」

「うっさい！」

「姉に似ないで、礼儀正しくてしっかりしてるな。よろしく、茉莉ちゃん」

親しげな二人の掛け合いがなぜか面白くなくて、ちょっと拗《す》ねた気分で顔を上げると大きな手で頭をくしゃりと撫でられた。たちまち胸の内がうずくように苦しくなり、政臣から目が離せなくなった。

多分、このときから彼に惹かれていた。一目惚《ぼ》れだったのだと思う。

それから政臣はよく遊びにくるようになった。皐月に連れられ、近所にある彼の家にも行った。いつしか、姉が一緒でなくても自宅と彼の家を行き来するようになった。

東京の観光地で飲食店を経営していた祖父母は、昼から夕方にかけて自宅を開けるのが常で、繁忙期は姉も店の手伝いに出ていた。そのせいで小学校から帰宅した茉莉が家に一人になるのを心配していたので、政臣の存在は歓迎された。礼儀正しくて頭の良い彼は茉莉の勉強の面倒もみてくれたし、なにより近所でも信用のある総合病院の跡取りとして身元もしっかりしていたからだ。

初めは彼と過ごすのに緊張していた茉莉だったが、「黒木さん」という呼び方が「政臣さん」に変わり、「政臣」と呼び捨てするようになる頃にはすっかり懐いていた。政臣も「宮下だと姉妹で混乱するな」と言い、「茉莉」「皐月」と気安く呼ぶようになった。

ある日、茉莉だけで政臣の家を訪ねた。政臣が新しく購入したゲームを、一緒にする約束をしていたのだ。

黒木家には、通いの年嵩《としかさ》の家政婦がいた。にこにことした人好きのする顔立ちの家政婦で、茉莉のこともよく可愛がってくれる。医者である政臣の両親は多忙で、ほとんど帰宅せず、家政婦が帰ってしまうといつも家に一人なのだと聞かされた。

「政臣は寂しくないの？」

家政婦の出してくれたおやつのケーキをつつきながら茉莉が問うと、政臣は切れ長の目を丸くした。神妙な顔で心配されるなんて思っていなかったのだろう。

政臣はふっと口元をほころばせると目を細め、頬杖《ほおづえ》をついて茉莉を見つめた。愛し気なその視線に、どぎまぎして口に入れたケーキがさっきより甘く感じる。

「もう慣れたけど。茉莉がそう思うなら、なるべく長く俺の傍にいてくれないか？」

ドキッと胸の奥が跳ねた。火照ってくる頬を隠すように茉莉はうつむく。

なぜだろう。とても特別なことを言われたような気がして、恥ずかしくて足元がそわそわする。この気持ちに言葉を与えられないまま、「政臣がそう言うなら……」と返してうなずいた。

その日から、祖父母も姉も店に出ている日は政臣と夕飯まで一緒にとるようになってい た。彼が茉莉の家にきて料理をしてくれることもあった。意外なことに政臣は料理上手で、仕事から帰宅した祖父母と姉もまじえて食卓を囲むこともあり、いつの間にか彼は家族のような存在だった。

そして政臣と知り合って初めての夏。茉莉たちの住む地域で毎年行われる、大規模な花火大会の日だ。

沿道には多くの屋台が並び、観光客もたくさんくる。この界隈《かいわい》の店は、どこも夕刻から稼ぎ時だ。祖父母と姉は店に出ずっぱりで、いつもより帰宅も遅くなるという。当然のように政臣が茉莉の面倒をみてくれることになり、一緒に屋台を回る約束をした。

「帯、きつくないか？」

前日、祖母から着付けを教えてもらった政臣は、するすると器用な手つきで茉莉に紺地に紫陽花《あじさい》柄の浴衣を着せてくれた。帯は薄桃色。藤色の鼻緒の下駄に、芥子《からし》色の丸いがま口バッグを持つ。まとめた長い髪を飾るつまみ細工の花飾りは、政臣からの少し遅れた誕生日プレゼントだった。

白色、水色、薄紫色などの青系の小さな花をブーケのように束ねたつまみ細工は、浴衣の柄と同じ紫陽花を模していた。

茉莉は玄関の姿見の前で花飾りを何度も見ては、嬉しくて指先でそっと触れた。その様子に、自分の準備もすませて玄関にやってきた政臣が小さく笑って言った。

「気に入ったか？」

祖父が貸した黒字に細い縞《しま》模様の浴衣を着た政臣は、いつもと雰囲気が違って別人のようだった。茉莉はつい見惚《みと》れてしまい、すぐに返事ができなかった。

「……あ、ありがと。これ、すごく可愛い」

「どういたしまして。茉莉も可愛いよ」

政臣はさらりと褒め言葉を投げ、髪型を崩さないように茉莉の頭をぽんと撫でる。もうそれだけで体温が上昇して眩暈《めまい》がするというのに、玄関を出るとごく自然に手を繋がれた。戸惑ってはなそうとすると、歩幅を合わせて歩く政臣が振り返って苦笑する。

「嫌か？　人が多いから、迷子にならないよう繋いでたほうがいいと思うんだけど」

そう言われると、茉莉も嫌がれず「そんなことない」と首を振った。

自宅のある路地を抜けると、もうすぐそこに大通りが見える。常に観光客と地元の人間でごったがえしている通りは、花火までまだ時間があるのにいつもより人出が多い。ちょっとした油断で、政臣とはぐれてしまいそうだ。

恥ずかしさにそわそわしながらも、緩めていた手を繋ぎ直す。ぎゅっと強く握り返された。

迷子防止なんて、完全に子供扱いだが嬉しかった。

大通りを屋台を冷やかしながら歩き、夕飯代わりにたこ焼きや綿あめを食べ、観光地にもなっているお寺を参拝した。祖父母の店にも顔を出す。

祖父母は浴衣を着た茉莉を可愛いと褒め、姉は仕事の手を止めて表に出てくると、裏蓋《うらぶた》に大きな傷が斜めに走った携帯電話を取り出して、何枚も写真を撮影した。傷は以前、政臣に落とされてできたという。そんなエピソードのあるものを持っている姉が羨ましくて、笑ってと言われたのに拗ねた表情になってしまった。

それからまた、いくつもの屋台を政臣と回った。歩きなれた近所なのに、浴衣で政臣と歩いているだけで違う場所に遊びにきたような気分だった。

まるでデートをしているみたいだ。そう思うのは茉莉だけで、周囲からは兄妹にしか見えないだろう。政臣も妹のようにしか思っていないはずだ。

そうだとしてもやっぱり浮足立つもので、履き慣れない下駄も気にならず、いつもよりたくさん歩いていた。

鼻緒を引っ掛けた指の間が痛くなったのは、政臣に買ってもらったあんず飴《あめ》を食べているときだった。花火をどこで見ようかと相談していた。楽しい時間を終わらせたくなくて、茉莉は足が痛いとは言い出せなかった。家に帰ろうと言われるかもしれない。彼と花火を見ずに別れるなんて嫌だった。

けれどあんず飴を食べおわる頃、歩き方がおかしいことに気づかれた。

「ごめん。つい楽しくて、連れ回しすぎたか……」

「ううん、大丈夫だから！　花火見たいし、まだ歩けるよ！」

帰ろうと言われるのが怖くて、ぎゅっと政臣の手を握る。すがるように見上げると、ふっと優しく微笑み返された。

「わかってる。まだ帰らないよ。でも、そのままだとつらいだろ。手当てしよう」

そう言い終わる前にひょいっと横抱きにされ、広い境内の隅に置かれたベンチに降ろされる。あまりに自然に抱き上げられたので呆然としていると「近くのコンビニで必要なものを買ってくるから待ってろ」と言われる。他にも「知らない人についていくなよ」とか「からまれたら防犯ブザー鳴らすんだぞ」とかいろいろ言われたが、ただうなずき返すしかできなかった。

走るように去っていく政臣をぼーっと眺め、雑踏の中にその背中が消える頃、燃えるように頬が熱くなった。

「なっ……なに、今の……！」

どうしていいかわからなくて、顔を覆ってうつむく。心臓の鼓動も激しくなっていく。

ほんの数秒の出来事だったが、初心《うぶ》な小学生には刺激が強すぎた。

政臣には勉強を教えてもらったり、遊んでもらったりしているときに、肩が触れ合ったり頭を撫でられたりというのはあった。けれど一定の距離があり、さっきみたいにあんなに密着したことはない。

浴衣を着つけるときも、不用意に触れることはなかった。長襦袢《じゅばん》を着て、浴衣を羽織って腰紐《ひも》を結ぶまでは茉莉自身がやったので、政臣がしてくれたのはおはしょりを整えたり、帯を締めることだ。それも慎重に、次になにをするか、手がどこに触れるとか言いながらだ。年頃の女子だから、とても気を遣われている。

普段から、政臣のそういう紳士的な態度に物足りなさと好感を持っていた。

それなのに、さっきの横抱きはなんだったのだろう。一気に詰められた距離に戸惑う。

政臣が戻ってくるまでに顔の火照りが引いているだろうか。普通に対応できるだろうか。意識していると知られ、変に思われないだろうか。思考がぐるぐると脳裏を駆けるばかりで答えは出ない。とにかく気持ちを落ち着けなくてはと深呼吸しようと顔を上げた。

「ねえ、あなた……宮下さんの妹だよね？」

「え……そう、ですけど？」

政臣のことに意識がいっていた茉莉は、突然目の前に現れた知らない少女の質問に、警戒心もなく反射的に答えていた。

声をかけてきた少女は姉の皐月と同じぐらいの年頃で、泣きぼくろのある目は気が強そうに光っていた。茉莉の答えに気をよくしたのか、少女はにやりと笑い、背後に目くばせする。同じ年頃の少女が五人ほどいて、同じようににやにやと笑う。

感じが悪い。すっと体温が下がり、緊張で口元が強張る。

「やっぱり、そうなんだ。あんまりお姉さんとは似てないのね……地味で大人しそう」

前半は少し小馬鹿にしたような、後半は口元に手をやって聞かせるつもりがなかったようなひそめた声だ。もしくは、ぎりぎり聞こえるように言ったのかもしれない。

「なんですか？」

「ごめんね。そんなに怯えないで」

「別にひどいこととかしないから。ちょっと聞きたいことがあるんだ～」

こっちが警戒しているとみると、一人が猫撫で声で詰め寄ってきた。胡散臭い笑顔で屈まれても、圧迫感しかない。

「私たち、あなたのお姉さんの友達なんだ。学校で仲良くさせてもらってるの」

嘘だ。姉の交友関係すべてを把握はしていないが、仲良しの女友達なら何度か家に連れてきている。その中に彼女たちはいなかったし、親しい友人の妹に対する雰囲気でないことぐらい茉莉にもわかる。女同士特有の品定めする空気が息苦しい。

「それで聞きたいんだけど、お姉さんって黒木くんと付き合ってるの？　あなた、さっき一緒にいたでしょ、黒木くんと」

付き合っているという問いに、胸の奥がぐっと引き絞られるように痛む。今まで考えようとしてこなかったけれど、茉莉も気になっていた。

「……知りません」

ぞんざいに返答し、震えそうになる唇を噛む。疑わしげな視線を向けられたが、ふいっと顔をそらす。

「ふうん、ホントに？」

「嘘つかないでほしいんだけどな」

「ちょっと、怖がらせるような聞き方しちゃダメだよぉ、スズカちゃん。声が怖いって」

「あ、ごめーん。別に責めてないからね」

ひそひそという耳打ちや、くすくすという笑い声が頭上でする。不快だ。

茉莉は、がま口バッグに付けたキーホルダー型の防犯ブザーを握りしめる。ピンを引き抜くと警報音が鳴るタイプだ。いっそこれを鳴らしてやろうかと思う。

この場を逃げ出したかったが、囲まれているし足も痛い。政臣の言いつけをやぶるのも嫌だった。

「今日はお姉さん一緒じゃないの?」

「ねえ、答えてよ。だんまりかよ」

「黒木くん戻ってこないね? お姉さんとどっかで会ってるのかな?」

「なら、私たちと遊ばない~? ほしいもの買ってあげるよ」

口々に茉莉を懐柔しようと話しかけてくるが、頑なに応えなかった。なにも喋《しゃべ》りたくないし、聞きたくない。

「なんか言えよ」

「ちょっと、駄目だってば」

最初に話しかけてきたスズカと呼ばれていた少女が、痺《しび》れを切らしたように乱暴な口調になる。一人が苦笑いでたしなめるが、本気ではない。

「姉妹揃《そろ》って感じわるっ。黒木くんとちょっと仲がいいからって、特別だとでも思ってんの?」

「まあまあ、落ち着いてよ……ねえ、本当にお姉さんと黒木くんのこと知らないの？　教えてくれないかな？　でないと、ほら……面倒なことになるから、お願い」

下手《したて》に出て話しかけてくるが、暗に脅しているだけだ。先に乱暴な態度の少女で怖がらせ、動揺しているところに優しい振りで話しかけて丸め込もうとする。こういうやり口をするクレーマーの話を、接客業の祖父母から何度か聞いたことがある。

子供で、大人しそうな地味な見た目だから、脅せばどうにかなると思っているのだろう。癪《しゃく》に障った。

こう見えても、気の強い姉と言い争いをすることだってある。容姿が地味で、我を通すことがないだけで、気が弱いわけではない。争いは嫌いだが、一方的にやられているほどお人好しではなかった。

「知ってても教えたくありません」

きっ、と睨み返して言うと、優しい素振りの少女が目を見張る。

「姉の友達なんかじゃないですよね。本当に友達なら、姉が今日はなにをしているか知っているはずです」

この間、家に連れてきた友達には、花火大会の日は店の手伝いだから遊べないと言っていた。仲が良いなら知らないわけがない。

「姉の友達でもない、見知らぬ人に家族や大切な人の個人情報を話せるわけがありません」

できるなら彼女たちに立ち去ってもらいたかったが無理だろう。茉莉はベンチを立ち、昂然《こうぜん》と顔を上げる。

「そこをどいてください。あなたたちと話すことはなにもありません」

まさか小学生に反撃されると思っていなかったのだろう。みんなぽかんとしている。その隙に、彼女たちの間をすり抜け立ち去ろうとした。政臣には移動先から携帯電話で連絡すればいい。

「ちょっ……！　待ちなさいよっ！」

少女のうちの一人が、我に返ったようにきつい口調で呼び止める。乱暴に腕を掴まれた。

「誰が帰っていいって言った？　なんなのアンタ？」

「はなしてくださいっ！　いたっ！」

声が震えそうになる。本当はとても怖い。けれど悟られたくなくて、意地で相手を睨む。

「ムカつく！　言うことききなさいよ！」

ヒステリックな声に、周囲の視線が集まる。少女の手が振り上がった。ぶたれると思った茉莉は、反射的に防犯ブザーのピンを勢いよく引いた。

けたたましく鳴り響いたブザー音に、少女の手が止まる。

「なっ！　ちょっと、やだ……ッ！　なんてことすんのよ！」

「うそ、どうしよ」

「それ止めなさいよ！」

一人の少女が、茉莉の手からピンを奪おうとする。その手を振り払い、後ろの生垣に向けてピンを放る。これでもう警報音は止められない。

騒ぎに気づいた大人たちが駆け寄ってくる。警備員の姿もある。逃げ時を逸した少女たちがおろおろとする中、茉莉は不機嫌も露わな表情で待ち構えた。

「どうしたの？　なにがあったんだい？　まず、この音を止めてくれないかな」

やってきた警備員の言葉に、少女たちの責めるような視線が茉莉に集まる。

「この子が悪いんです！　私たちはなにも……」

「お前らが囲んでなんかしたんだろ。茉莉は人を困らせるようなことをする子じゃない」

背後の生垣がガサガサと音をたて、乱れ髪に葉っぱをつけた政臣が出てきた。絶句する少女たちを睨むように一瞥《いちべつ》すると、背後から茉莉を引き寄せてかばうように胸に抱いた。

「いい子だ。ちゃんと言いつけ守って警報ベル鳴らせたんだな」

耳元で、揶揄うような笑い混じりの声で囁かれ、かあっと頬に熱が集まる。背中に当たる政臣の体温にも反応して、耳の先まで火照ってきた。

「それにしてもお前、度胸あるな。しっかりしてるとは思ってたけど、驚いた」

政臣はそう言いながら、警報ブザーにピンを刺し直す。すぐに音が鳴りやみ、ほっとした空気があたりに流れた。

「あ、あの……黒木くん……」

「あんたら誰？　俺の大切な子になにした？」

ぞっとするような冷たい声に、少女たちが青ざめる。茉莉もびっくりして目を丸くする。

「この子が、こんなことするなんてよっぽどなんだよ。さっき遠くから見てたら、殴ろうとしてたよな」

茉莉に手を上げかけた少女を、政臣が凍てつくような目で睥睨《へいげい》する。

「一ミリでも怪我させてたら、一生許さないところだった。茉莉の機転の良さに感謝しろ」

吐き捨てるように言うと、もう興味はないとばかりに少女たちに背を向ける。存在ごと無視するような政臣の空気に、誰もう声をかけることはできなかった。

政臣は警備員に向き直り、自身の身分を明らかにし、町内会の人を呼んでほしいと伝えた。茉莉もなにがあったのか話す。その間に、花火大会を取り仕切っている町内会の実行委員の役員もやってきた。役員の男性が政臣のことを知っていて、黒木病院の息子だとわかると、未成年だったがあっさりと解放された。茉莉にからんできた少女たちは、叱られたあとどこかへ連れて行かれたようだった。

「いったん茉莉の家に帰ろうか」

「え……でもっ！」

「足もだけど、疲れただろ？　ごめんな、俺のせいで怖い思いさせて」

大きな手にふわりと頭を撫でられたとたん、張りつめていた気が緩み、こらえていた涙が込みあげてくる。怒ることで気にしないでいられた不安や怯えが一気に襲ってきた。

潤む目を見られたくなくてうつむくと、頭をかかえるように抱き寄せられた。

「コンビニから戻ってくるとき、遠くで騒ぎになってるのに気づいた。その中心にいるのがお前だってわかって、しかもぶたれる寸前で、もう走っても間に合わないって思ったらあせった。もし茉莉がぶたれていたら、あの女のこと殴ってた」

不穏なものが混じった声音にびっくりして政臣を見上げると、頬を包み込むように撫でられる。愛しげに細められた目と視線がからんだ。

「本気だよ。俺にとって茉莉は特別だから……他の女性とは違うんだ」

やけに真剣な雰囲気にのまれ、呆然とする。「特別」とは「他の女性」とは、どういう意味なのか。聞きたいのに、喉の奥に言葉が貼り付いて出てこなかった。

「茉莉……帰ろう」

素直にこくんとうなずくしかできない。政臣の空気に気圧されていたのもあるけれど、さっきの騒動で緊張していた体に、どっと疲労が押し寄せてきていた。

「まだ花火まで時間あるし、茉莉の家のベランダからもよく見えるって武男さんも言ってたから。家から見る花火もいいんじゃないか。ゆっくりできるだろう」

武男は祖父の名だ。そう呼ぶほど、政臣は祖父と親しくなり、信用されていた。

「じゃあ、おんぶしてくから、背中に乗れ」

「え？　い、いいよ！　近いし、歩けるから！」

背中を向けてしゃがみこんだ政臣に、茉莉はあせった。

「手当してても、歩いたら鼻緒が血だらけになる。それに無理したら明日からツラいぞ」

「で、でも……」

子供みたいで、おんぶされて歩くのは恥ずかしい。躊躇《ちゅうちょ》していると、肩越しに振り返った政臣が脅すように微笑んで言った。

「言うことときかないなら、さっきみたいに抱いて帰るぞ。それでもいいんだな」

目が本気だった。もう文句は言わずに政臣の背に乗り、茉莉は家へと帰った。そのあとは足の手当てをしてもらい、政臣の焼いたパンケーキを食べて花火の時間を待った。期待していた外で見る花火とは違ったけれど、これも悪くないかもしれない。痛い足をかかえて人混みの中にいるのは疲れただろうしと考えているうちに、ベランダに出したラタンの椅子の上で寝ていた。

いろいろあって気疲れしたせいだ。家に帰って気が抜けたのだろう。花火は最初のほうしか見られなかった。

茉莉が目を覚ましたのは、花火がすっかり終わった零時近く。ベランダに続く、二階の和室に寝かされていた。政臣の姿はなく、慌てて階下に行くと姉が居間にいて祖父母はまだ店の片づけをしているという。政臣は、もう遅いから帰ったと聞かされ最悪な気分になった。

そしてさらに、最悪な気分になることを、姉から嬉しそうに告げられたのだ。

「そうそう、政臣と付き合うことになったんだ」

その後、姉がなにを話していたのか記憶にない。自分がなんと答えたかもわからない。無理やり作った笑顔が引きつりそうだったことだけは、鮮明に憶えている。

翌日から、政臣と二人だけで会うことはほとんどなくなった。いつも間には姉がいて、姉が店の手伝いをする日は、茉莉も手伝いにかり出されるようになった。それまでは子供だからと、姉が手伝いをさせたがらなかったのにだ。

そのうち姉と政臣は受験生になり、茉莉をかまう時間もなくなった。茉莉も中学生になると、放課後は家の雑用をすることが多くなり、いつしか自然と政臣とは疎遠になっていった。

姉と政臣の付き合いはその後も順調に続いていたので、何度か会う機会も話すこともあったけれど、もう小学生のときのような気安さはなくなっていた。

あの花火大会の夜。政臣と距離が縮んだと感じたのは夢だったのかもしれない。そう思いはしたが、茉莉の胸にくすぶる初恋の火種はなかなか消えてくれなかった。

それがまた再燃したのは、姉が事故にあった日。皮肉なことに、同じ花火大会が開催された夜のことだった。

3

『今から迎えに行く。店から絶対に出るな。席に戻るなら、テーブルにあるものは絶対に飲食するな。できれば一緒に飲んでる奴らとも別れて、女子トイレにでもこもってろ』

ビジネス街の喧騒《けんそう》から少し離れた場所にある黄色い煉瓦《れんが》造りのトラットリアは、休日前のディナータイムということもあって賑わっていた。そのパウダールームで、淡い光を散らすローアイアンのシャンデリアを見つめながら、茉莉はスマートフォンから聞こえる苛立った声に顔をしかめた。

会食中、ひっきりなしにかかってくる電話に、電源を落としてしまおうかと何度思ったことか。ねちねち嫌味を言われるのも嫌なので、失礼にならないよう席をはずして電話に出てみたらこれである。

名乗らずに一方的すぎる用件を告げてくる政臣に、茉莉の額の血管がぴくぴくと痙攣する。

「嫌よ。薬でも盛られるって言いたいの？　そんなことあり得ないし、だいたい私がどこにいるか知ってるわけ？」

なにも言わずに切ってやろうかと思ったが、そうするとまた何度も電話がかかってくるだろう。面倒だ。この男の名が、着信履歴に何十件も残っているのを見るのも気が滅入る。

『なんの根拠があってあり得ないなんて言えんだよ。この間から忠告してるだろ、茂木は危険だって！』

「あーはいはい。女性社員に枕させてるとかなんとかって話ね。デマでしょ。社内でそんな話聞かないし、先輩の評判ならとてもいいんだけど？」

はぁ、と溜め息をつき、うんざりとした声を隠さずに応える。病院の物置で抱かれてから、何度もこの忠告を受けている。政臣が忙しいので直接会ってではないが、電話やメッセージなどでしつこく「気をつけろ」と連絡がくる。

『噂になってるようだったら、とっくに処分されてるだろ。そんな間抜けなら、こっちもやりやすいんだがな……』

「どういう意味？」

『ともかく、もう席には戻るな。そこにいろ。トイレか店の外なんだろ？』

なにか誤魔化した政臣の態度に、眉間に皺が寄る。

「どこだっていいでしょ。無理言わないで」

『医者と飲んでんだろ。それはMRの仕事じゃない。接待は禁止だって教育されてないのか？』

「禁止って……なにもかも禁止になったわけじゃ……」

昔はMRの過剰な接待は当たり前だったが、数年前からいろいろ規制されるようになった。数百の製薬会社で構成される協議会での、自主的な規制だ。接待のすべてが禁止ではないが、飲食費を持つにしても上限金額が設定されている。

「ともかく仕事でも接待でもなくて食事会！　支払いは各自持ち出し、これはプライベートな集まりだから、変な勘ぐりしないで！」

『勘ぐり？　笑わせせんな。MRと医者が集まって食事会とか、なんの裏もないわけないだろ。なにもなくても、周りはそう思わない。会社からも怪しまれるから、そういうことはやめろ。お前を巻き込む茂木も禄《ろく》なもんじゃない』

「それは……」

協議会の規定に抵触はしていないはずだが、政臣の言いたいこともわかるので口ごもる。

先輩の茂木からは、親しい付き合いのある医者との食事会で、親睦を深めるだけだから気軽に参加してほしいと告げられた。格好もラフでいいと言われたので、スーツではなくモカ色のシャツワンピースだ。

仕事とは言われなかったが、これも営業のうちと暗に含んでいるような空気はあった。そのうち彼らと仕事をするかもしれないから紹介するのだと。

『だいたいな、プライベートな集まりってのが信用できない。なにかあっても仕事でも接待でもない、個人的な付き合いで起きたことだって言われたら、誰も口出しできない。損するのは被害者だけになるんだよ』

「なにが言いたいの？　被害者って……？」

『そんなこともわかんないから、お前は駄目なんだよ』

「ちょっと、バカにしないでよ！　そっちがはっきり言わないからわからないんでしょ！」

『はっきりもなにも、茂木が枕営業させるクソ野郎だってさんざん注意しただろ。お前がそのターゲットになってるって言ってんだ』

「へっ……わ、私がっ？」

間抜けな声をもらし瞬きする。

『その様子だと想像もしてなかったみたいだな』

「だって……女医さんもいるし、同期の子だって参加してるのに？　考えすぎじゃない？」

『その同期って男だろ。相手に女医がいるのも油断させるためだ。とにかく、迎えに行くからな』

「ちょっ……！　待って……って、人の言うこと聞きなさいよ！」

返事をする前に通話を切られる。いらいらを吐き出すように大きく息をつき、スマホを睨みつけた。

「だいたい、どこにいるかわかるわけ？　場所なんて教えてないのに……」

食事会の相手に政臣の知り合いがいるのかもしれない。紹介された医者は女医を含めて四人だ。その中に、政臣と関係がありそうな相手がいただろうか。大学の同期とかなら繋がりもあるだろうしと考えながらパウダールームを出る。

まさか女医と知り合いなのか。体の関係がある相手とか。

がりっ、と音がして立ち止まる。無意識に爪を噛んでいた自分に、はっとする。綺麗に切りそろえて磨いた爪の角が欠けた。なにをイラついているのだろう。

政臣はモテる。姉が意識不明になってから誰とも付き合っていないと本人は言っているが、真実はわからない。家族としては複雑だが、三年も目覚めない恋人にいつまでも操《みさお》を立てる必要もないと思う。

女性からの誘いが多いと噂でもきく政臣のことだ、恋人を作る気にはならなくても、浮気やセフレを持つぐらいはあっても不思議ではなかった。

「てか……私が、セフレみたいなものだし」

それよりもっと悪い関係かもしれない。乾いた笑いが漏れる。

意識不明の姉の恋人と関係を持っているなんて、最低だ。脅されているせいだとしても、今は三年前のなにもできなかった自分とは違う。就職もしたし、政臣の助けがなくてもできることは増えた。

事故の後、服薬していたのは姉の過失だとして一部の保険金が支払われなかった。請求が通って支払われた保険金もあったが、国の助成制度と合わせても、治療費や入院費、介護の人手などを何年も賄うのは難しかった。

茉莉に代わり看病を一手に引き受けてくれている朋美は、姉の専属として別途追加で給料が支払われている。お金は政臣の負担だ。意識がないだけで他に重篤な症状のない姉が、黒木総合病院に長期入院していられるのも彼のコネがあるからだった。

それらの恩恵を失うことは怖くもあるが、なんとかならないこともない。MRの年収は高給なほうだ。幸い、祖父母が残してくれたお金はまだある。固定資産税の高いあの家と土地を売れば、経済的な問題は解決する。それがわかるぐらいに、茉莉も大人になった。

なのに政臣との関係を拒否できないのは、茉莉の問題だ。勝手な妄想で女医に嫉妬してしまうほど、彼のことが好きだった。

白い漆喰《しっくい》の塗り壁が続くトスカーナスタイルの廊下を抜け、店内に戻る。茉莉たちのテーブルでは、男性医師を中心に治験薬の話で盛り上がっていた。やはり私的な集まりというより、仕事がらみなのは否定できない。

歩いてくる茉莉に気づいた茂木が首を傾げる。

「宮下さん、遅かったね。なんかあった？」

「大丈夫です。たいしたことではなかったので」

もやもやした気持ちを切り替えるように笑みを作り、茂木に首を振る。さっと、嫌味のない動作で茉莉の椅子を引いてくれる彼に、政臣が言うような後ろ暗さは感じられない。陽気で感じのいい先輩だ。

「あ、新しい飲み物頼もうか？　氷が溶けて薄まっちゃったね」

水滴が流れ落ち、すっかりぬるくなった茉莉のグラスをよけ、茂木がドリンクメニューを差し出す。流れるように店員も呼んでくれた。

「ありがとうございます」

「気にしないで。ちょうど俺も新しいの頼みたかったとこだからさ。あ、それ飲むの？いいね、俺も同じのにしよう。そうだ、ついでに新しい料理も頼みなよ」

さりげなく気遣ってくれる茂木は紳士だと思う。こういうところが女性社員に人気でモテるとも聞く。見た目も優しげで、そこそこ整った容貌で背も高い。営業成績だっていい。女性に不自由していないタイプだ。枕営業をさせるなんて、問題になるような手段が必要な人には見えない。

やっぱり政臣の考えすぎだ。

なにか企んでいる人が、新しい食べ物や飲み物を勧めるわけがない。冷め切った料理が載った皿も、茂木が茉莉の前から下げてしまう。下心なんてない証拠だと思えた。

だいたい、昔から政臣は心配しすぎる。あの嵐の夜だって、さっきみたいに茉莉に「行くな！」と騒ぎ立てて鬱陶《うっとう》しかった。

その結果、あんなことになったのだ。

急にわいてきた嫌な思い出をのみ込むように、茉莉は新しく運ばれてきたワインを喉の奥に流し込んだ。

＊　　＊　　＊

マンションのドアの向こうで、ガタガタとなにかが強風にあおられる音がする。夕方から強くなった風は、弱まる兆しがない。

「駄目だ。行くな！」

靴をはこうとしていた茉莉の腕を乱暴に引き寄せ、政臣が玄関の前に立ちふさがる。

実家から独立した政臣は、研修先の病院近くで独り暮らしをしていた。そのマンションに帰ってきたばかりの彼は、あまり寝ていないのか目の下にうっすらと隈《くま》ができている。イラついた表情だった。

ここ数日、病院に泊まりこんでいた政臣はまともに食事もしていないのだろう。帰宅してすぐ、サプリメントを飲んでいるのを見た。それで栄養は補われるかもしれないが、体にいいとは思えない。疲れだってとれていない。

テーブルに置いていた茉莉のサプリメントをうっかり飲んでしまったとさっき謝られた。医者だからか、政臣は人の薬を飲むような間違いはしない。口に入るものを、きちんと確認する余裕もないのだ。

一時的に居候させてもらっている茉莉が料理をしてあげられればいいのだが、これから大事な用がある。

「夜にかけて嵐になるっていうし、こんなときにハロウィンパーティーだなんて非常識だ。帰ってこれなくなるだろ」

「大丈夫だってば。会場の近くに住んでる友達も参加するから、帰れなかったら泊めてもらうことになってるし」

このハロウィンパーティーを紹介してくれた友達とは、駅前で待ち合わせている。ここ最近の騒動で沈んでいた茉莉をよく食事に誘ってくれた。食欲の落ちた茉莉を心配し、栄養補助剤だというサプリメントをくれた優しい子だ。彼女をあまり待たせたくない。

まだ雨は降っていないが、嵐を予感させるように、マンション七階の窓を揺らす風の音が大きくなる。大型の台風が迫っているらしい。

「だいたい、その主催してるインカレサークルって怪しいだろ。活動実績なんてほとんどない、飲み会ばかりの出会い目的なんじゃないのか？」

さっき、どういうパーティーなのか、集まっているのはどこの大学の人間なのか聞かれた。素直に答えると、それまで普通だった政臣の顔色が変わった。なぜなのかわからないが、それからずっと「行くな」「やだ、行く」の押し問答だ。

茉莉もこのインカレサークルの怪しげな噂は知っていたので、後ろめたい。会いたい人物がそのパーティーに今回参加していて、それが目的なことも隠している。間に入ってくれた友達と大学の先輩に、誰にも言うなと口止めされたからだ。

「こんなときに……皐月の事故や、空き巣にあった後だ。お前にまでなんかあったら……」

「なんかってなに？　事故や空き巣が、私の安全となにか関係あるの？」

言い方に引っかかりを覚え、探るように政臣を見上げる。パーティー参加を強固に反対することといい、理由があるならはっきり言ってほしい。

姉が事故にあい、意識不明になってから数日後のことだ。茉莉が大学から帰宅すると、家の中が荒らされていた。すべての部屋の抽斗《ひきだし》や扉が開かれ、中身はひっくり返されて床にぶちまけられている惨状に戦慄《せんりつ》した。

すぐに政臣を電話で呼んだ。姉が事故にあってから、昔のように彼と頻繁に会うようになった。入院の手続きや、当座の生活費の確保などで世話になっていた。

家計についてすべて姉任せだった茉莉は、しばらく生活するだけのお金も持っていない。光熱費や大学の学費などの支払いがどうなっているかも知らないし、生活費の入っている銀行口座の暗証番号も聞いていなかった。日々の家事を受け持ち、毎月決まった額の食費と日用品費をもらっていただけだ。

そもそも意識不明の姉の口座から、妹とはいえお金を勝手に引き出していいのかもわからない。亡くなった両親と祖父母の遺産についてもだ。

政臣はそれをすべて予測していたのか、「彼はうちの弁護士なんだ。なんでも相談するといい」と言って壮年の落ち着いた感じの男性を伴って宮下家にやってきた。おかげで、茉莉がなにかを調べたり考えたりする必要はなかった。弁護士に言われるまま、書類を揃え提出し、手続きをした。姉の口座からお金を動かせるようになるまでの間、必要になるだろう生活費も政臣がすべて立て替えてくれた。弁護士への相談料だって、茉莉は一銭も支払っていない。

まだ意識のあった姉が救急で運びこまれたのが政臣が研修していた病院で、そのときに「茉莉のことをお願い」と頼まれたのだという。以来、茉莉はなにかと政臣を頼るようになった。彼もそんな茉莉を全身で受け止め、まるで昔のように世話を焼いてくれる。

あっという間に二人の距離は縮まり、茉莉は彼にすっかり甘えていた。

付き合って半年になる初めての彼氏がいるが、そちらに頼ることも考えなかった。姉の事故に右往左往する茉莉に「大丈夫？　なにかあったら手伝うよ。なんでも言って」と心配そうに言ってくるだけ。アドバイスもなく行動も起こさない彼氏を頼りなく感じてしまい、それが茉莉の態度にも出ていたのだろう。事故後、彼氏とは大学で顔を合わせているが、関係はぎくしゃくしている。二人きりで会うこともなくなり、少し疎遠になっていた。

彼氏はなにも悪くない。自分と同い年で社会経験もないのだから、知識がなく動けなくて当然なのに、必要な手助けを頼まなくてもしてくれる政臣と比べてしまっていた。研修中の政臣のほうが、彼氏なんかより何倍も忙しいのにとか……。

空き巣にあったあと、警察を呼んだのも政臣だ。忙しい中、茉莉の家まで駆けつけ、一人で自宅にいるのも不安だろうと、彼のマンションを提供してくれた。仕事でほとんど病院に詰めているから、気兼ねせずに使ってほしいと。２ＬＤＫのうち、物置に使っていた五畳の部屋を与えられた。

ここに居候して、もう一ヵ月。政臣が帰宅したのは合計で十日ほどだが、連絡は毎日のようにスマホにくる。困っていることはないか、危ない目にあっていないか、一人で不安になっていないかと、まるで上京した娘の心配をする過保護な親のようだ。

　インカレのパーティーに行くのを阻むのも、その延長なのだろうか。それにしては、政臣の態度がぴりぴりしすぎだ。

「とにかく、先輩や友達もいるから大丈夫。危なくなったら帰るし」

「バカ、危なくなってからじゃ遅いんだよ」

「もうっ、心配しすぎだって！　ただのパーティーなんだし……なんにもないから！」

　目的を隠している後ろめたさもあり、ついしどろもどろになる。それを見逃してくれる政臣ではなかった。

「だったら次でもいいだろ。今日みたいな日に行くな。それとも、今夜じゃないと駄目なわけでもあるのか？」

　政臣の目がすっと鋭く細められる。逃げるように一歩下がると、腕を掴んでいた手が腰に回る。

「茉莉、言え。そのパーティーで、なにがあるんだ？」

「ちょっ……近い！　なにもないから、はなして！」

　どんっ、と肩を押す。そんなに強い力ではなかったが、政臣が額を押さえ「うっ……くそっ、さっきからなんなんだ？」と呻《うめ》いてよろめく。具合が悪そうだった。

「大丈夫？　寝不足なんじゃ……」

「そんなことはいいから、行くな。ここにいろ」

急に雰囲気が変わり、強引に引き寄せられ腕の中に囲いこまれる。政臣の吐いた息が前髪を撫で、その熱に心臓が跳ねた。

「ちょっ……やだ」

密着しそうになるのを避け、胸を手で押すがびくともしないし、触れた場所から伝わってくる体温に怯んでしまって力が出ない。

「なんでそんなに必死になってる？　俺に言えないようなことなのか？」

顎を掴まれ上向かせられる。眇められた黒い目が茉莉を射抜く。いつもとなにか違う、暗い熱のこもった視線に背筋がぞわりっと粟立った。

怖い。このまま彼の腕の中にいたら食べられてしまうのではないか。獲物にでもなったような気がして、呼吸が震える。

「政臣、お願い。いかせて……」

「そんな台詞は、ベッドの中で聞いてみたいものだな」

舌なめずりするような政臣の声が耳に響く。口説き文句のような言葉に、体の奥がカッと熱くなる。

「なに、言って……」

「そんな顔して煽るな。誘ってるのか？」

「誘うって……ひっ！」

唐突に近づいてきた顔が肩口に埋まり、ざらり、となにかが耳朶に押し当てられる。続く温い呼吸と湿った感触に目を見開く。

舌だ。はあっ、と漏れる政臣の息は荒くて艶めいていた。

「なにを隠してる？　言え」

「ん、や……やめっ」

「素直に話すなら、すぐにでもやめてやるよ。言わないなら、このまま続ける」

なにを、とは声にならなかった。

耳朶をくすぐっていた舌が耳孔に入ってくる。他人からこんなことをされたのは初めてで頭が真っ白になった。相手が昔から意識していた男なら尚さらで、身がすくんで声も出ない。

「言わないつもりか？」

「あ……ぅ、あ……ンっ！」

耳孔を犯すぬめった舌が、くちゅくちゅと卑猥《ひわい》な音を立てる。首筋がぞわりと粟《あわ》立ち、茉莉の中に熱が生まれた。

「……ぁんっ、だめぇ」

意味のある言葉など紡げず、腰が震える。座り込んでしまいたかった。

「茉莉、答えて」

蜜でも溶かしたような甘ったるい政臣の声が、お腹の奥にきゅんと響く。もう膝に力が入らない。目の前のシャツを握りしめすがりつくと、ぐっと腰を押しつけるように抱き込まれた。

「やっ、政臣……っ」

「答えられないなら、言いたくなるようにしてやろうか？」

「な、に……？」

耳朶を弄んでいた政臣が顔を上げた。間近に迫った黒い双眸に射すくめられ、息が止まる。

「……ずっと、こうしたかった」

吐息とともにこぼれた囁きの意味を、理解する時間はなかった。顎をとられ、重なった唇になにも考えられなくなる。

「んっ……！」

反射的に抗う体を抱き込まれ、壁に押しつけられる。薄く開いた口の中に舌が滑り込み、歯列を撫でる。うなじに甘いさざ波が走った。初めての感覚に、政臣の胸を押し戻そうと抵抗していた手が震え、すがるようにシャツを握りしめてしまう。

侵入してきた舌が、逃げる茉莉の舌を捕らえる。舌裏をねっとりとくすぐられ喉が震えた。きゅうっ、と体の奥が甘く締め付けられ力が抜けていく。全身がとろけていくような感覚に目眩がする。

こんなのは初めてだ。彼氏とするキスとぜんぜん違う。

吐息が触れ合うだけでも肌が火照り、甘い痺れが走る。

彼氏とでは、こんなふうにならなかった。ただ唇が触れ合っているだけで、キスなんてこんなものかと、どこか冷めた気持ちで受け止めた。

初めてできた彼氏は、茉莉と同じで奥手なタイプだった。彼にとっても茉莉が初彼女で、手探りで始まった恋人関係。デートをするだけでお互いに緊張し、手を繋ぐのに一ヵ月もかかった。キスをするまでは、さらに二ヵ月だ。経験値のない二人は、付き合って半年、片手で数えられるぐらいしか唇を重ねていない。体の関係なんて皆無だ。

当然、こんな濃厚な口づけを交わしたことなどなかった。

「やぁ……やめてっ」

顔が離れた隙にこぼれた声は甘くうわずっていた。わななく唇に、政臣の笑う吐息が触れる。

「なにが、やめてだ。ねだっているみたいな声を出して……」

「ちが、あ、ひぁ……ん、ンッ！」

貪るように唇を重ねられ、肩が跳ねる。

ぬちゅる、と濡れた音をたてて舌が口腔をまさぐった。思わず唇を閉じようとしても無駄な抵抗で、顎骨を強く摑まれ痛みで口が開く。そのすぐ後、乱暴を懺悔《ざんげ》するかのように、少しかさつく指の腹で顎を何度も撫でられる。甘やかなくすぐったさに触れられた肌がぞくぞくし、もう唇を閉じられなくなった。

深く侵入してくる舌に意識もろともからめとられる。息が上がり、ずくん、と腹の奥が疼く。

彼氏がいるのにとか、政臣は姉の恋人なのにとか。こんなことはいけないのにと思うけれど、抗えなかった。キスで体に力が入らないなんて言い訳で、本気で嫌なら抵抗できただろう。

無理だ……。

ずっと待ち望んでいたものだったから。

恋人を作っても、心はずっと政臣にあった。押し殺した姉への嫉妬心。忘れようとして付き合った彼氏。政臣の口づけは、それらを一瞬にして無駄にした。

あきらめられなかった初恋の切なさが胸からあふれて、思考力を奪っていく。もう、彼氏のことなど頭から消え去っていた。

「んっ……はぁ……あ」

混じり合った唾液を飲み下す。気持ち悪いと思わない自分に驚いた。

はあはあと乱れた息を吐く唇を、啄《ついば》むように甘噛みされる。さっきまでの激しさが嘘のような戯れに意識がとろけ、薄く開いた目が潤む。至近距離でかち合った政臣の目が、雄の欲をちらつかせて細められた。

「可愛いな。キスだけで、こんなになって」

熱をはらんだ低音が、茉莉の唇を撫でる。それだけで、膝ががくんと折れた。

「もっと可愛がってやるよ」

耳元に落とされた舌なめずりするような声に、指の先まで甘く痺れて動かせなくなった。

抱き上げられ、あっという間に寝室に連れ込まれた。ベッドへ乱暴に放られ、ブラウスの前を開かれる。飛び散るボタンに怯える暇もなく、首筋に歯を立てられ痛みが走った。

「ひっ、や……っ！　やめて！」

夢のようなキスから目覚めるには充分な痛みに、反射的に手足をばたつかせて抵抗する。

政臣に抱かれるのは、たぶん嫌ではない。ただ、どうしてこんなことをするのか、なにを思ってなのか知りたかった。わからないまま抱かれるのが怖くて硬い胸を押すと、手首を摑まれ頭上に縫い止められた。

「大人しくしてくれないか？　乱暴はしたくないんだ」

「えっ、でも……いやっ！」

やぶれたブラウスをたくし上げられ、それで手首を拘束されてしまう。

「あんまり抵抗すると、ベッドに繫ぐぞ」

そう脅す声は甘く、拘束した手に口づけとともに降ってきた。何度も、手のひらにキスされる。びくんっ、と腕が震えた。

「こんなところが感じるのか？　恋人に開発でもされたか？」

喉の奥で冷たく笑われ、羞恥で頰がカッと熱くなる。

「なっ……そんなことされてないしっ！」

腕を振り上げ政臣に殴りかかるが、軽く受け止められる。からかわれたのが恥ずかしく、初めてでないと思われたのがなぜかショックだった。

「暴れるなって言ったよな」

「知らない、そんなの！　はなしてっ！」

じたばた暴れるものの圧しかかられ、すぐにまたベッドに押さえつけられる。政臣は手早くズボンのベルトを外すと、それでベッドヘッドの柵に茉莉の腕を繋いでしまった。

「やだっ、いや！　こんなの……！」

「俺の言うことを聞かないからだ」

「そんなっ……ひゃっ、あぁうンッ！」

さっき噛まれた首筋を舐め上げられる。そのまま、また食いつかれ濡れた音がして吸われた。ちりっ、とした痛みが首筋から鎖骨へと移動する。

玄関でのキスで敏感になっていた肌に、ぴりぴりとした快感が走る。漏れそうになる声を唇を噛んで耐えるが、ベッドに繋がれて無防備にさらされている腋の下に口づけられると、我慢は悲鳴になった。

「ひっ、んっ！　やぁ、そんなとこ……ッ！」

普段から綺麗に処理はしているが、汚いとか、臭うのではないかとか、そんなことが脳裏を駆け巡る。だが、舌でねっとりとなぶられると、腰が震えてなにも考えられなくなった。

「ひゃぁ、あぁぁんっ……！　いや、だめ。きた、ない……ッ！」

「綺麗だよ。それにいい匂いがする……甘い、匂いだ」

うっとりとした声で、確認するように鼻先で腋をくすぐられる。舌だけでなく、当たる息に思考が乱れる。ぬちゅぬちゅと舐め回され、あられもない声がひっきりなしに上がった。

「可愛らしい……ここは、彼氏に弄られたことがないのか?」

「ち、ちが……ひぃんッ! あぁ、ひゃぁ……ンッ!」

「恋人のことなんて忘れろ。別の男に抱かれても、俺を思い出すようにしてやるよ」

傲慢な言葉に背筋がぞくりとした。涙でぼやける目で見上げると、政臣が冷たく笑っていた。まるで獲物を狩る猛獣のようだった。欲に濡れた目で見据えられた茉莉は、ひっ、と喉の奥を鳴らして動けなくなった。

「もう、恋人のところには戻れない体にしてやる」

微笑んでいるのに暗い目で茉莉をのぞき込み、政臣は乱暴にブラを押し上げた。大きくはないが、形の整った乳房がこぼれる。

「きゃぁ……んっ、いや。乱暴にしな、いで……!」

そう抗議するが聞いてはくれなかった。激しく揉みしだかれ、まるで果実にかぶりつくように甘噛みされる。乳首も同じように噛まれては口中で飴《あめ》のように転がされ、硬く充血するまで執拗にしゃぶられた。

軽い痛みの後に襲ってくる舌の柔らかな感触。疼痛が快感に塗り替えられていくのに身《み》悶《もだ》え、ひっきりなしに嬌声を上げる。

　なにもかも初めてな茉莉は、もう暴れることもできずに翻弄《ほんろう》される。処女ではないと思っている政臣は容赦がなかった。

　乳房への愛撫に飽きると、赤い痕を散らしながら下へと移動する。途中、茉莉が激しく反応する箇所を繰り返し攻め立てるのも忘れない。

　スカートはいつの間にか脱がされていて、ショーツ一枚の姿になっていた。

「すごいな……濡れて、布が透けてる。大事な場所の形が見えてるぞ」

　政臣は目を細め、揶揄《からか》うように言う。喘ぎすぎて朦朧《もうろう》としていた茉莉は、傷つく余裕もない。

「ひっ……いやぁっ……ン！　そこはだめ、だめぇ！」

　脚の付け根に口づけた政臣が、布が貼り付いた恥部に指を滑らせる。

　茉莉は体毛が薄い。そこも例外ではなく、薄いショーツは恥ずかしい筋をくっきりと浮き上がらせていた。

「いやらしい体だな。俺の前に触れた奴がいるのかと思うと腹が立つ」

　吐き捨てるような小さな呟《つぶや》きの意味を考える間はなかった。すぐに、ショーツの上から恥部に噛みついてきた政臣に、すべて意識を持っていかれる。

「ひんっ！　やぁっ、ひゃあぁ……あぁ！」

　甘い衝撃に視界が揺れる。乱暴なのに、感じる場所を的確に刺激してくる愛撫に脚が痙攣した。

「めちゃくちゃにしてやる……」

獰猛《どうもう》な響きを孕《はら》んだ声のあと、布ごと舐めしゃぶられる。じゅるり、といやらしい音がしてあふれる蜜も吸われ、腹の奥がきゅうと切なくなる。

「あっ、あぁっ、あぁぁ……だめぇ……っ！」

びくん、びくん、と太腿が跳ねる。背筋がしなり、溜まっていた淫らな熱が弾けた。

「いったのか？　呆気ないな」

政臣の予想より早かったのか「感じやすいのか？」なんてこぼす。今さら処女だなんて言えない茉莉は、荒くなった息を吐き肩を上下させる。

自分でしたことはあったけれど、他人の手でいかされたのは初めてだ。あまりの違いに頭がぼんやりする。それとも政臣だからこんなに乱れてしまうのだろうか。

けれど甘い余韻に浸ってはいられなかった。濡れたショーツを引き裂くように脱がされ、脚を左右に大きく割り開かれた。

「やっ……まっ、て！」

「逃がさねえよ」

ずり上がろうとする腰を抱えた政臣が、脚の間に顔を埋めた。

舌が濡れそぼった襞を舐め、指で開いていく。

「あっあぁぁんっ……ひ、あぁッ！　だめ、そんな……しないでッ」

直接触れる舌の感触は、想像以上だった。走る甘い疼きに、びくびくと中が震える。子宮が欲しがっているみたいだった。

蜜口に指が触れると、きゅうっとすぼまる。そこを押し開くように、政臣の指先が入ってきた。

「や、やだぁ……なか、いや……ぁ！」

初めて感じる異物感に涙があふれる。嫌悪感はなかったが、未知の感覚が怖かった。脚をばたつかせ、逃げを打つ。入り口あたりを探っていた指が一気に根本まで入ってきた衝撃に、動きを封じられた。

「ひっ、ひ……あぁぁっ、あぁぁッだめっ」

「なにが駄目なんだ？　こんなに濡らして、気持ちいいんだろ？」

「ちが……っ、やっ、ひぃあぁンッ」

指が中で、くっと曲がる。そのままえぐるように回転した。走る快感に、茉莉はいやいやと首を振り「もう、やめて」とすがった。

「やめてほしいのか？　だったら、なんの目的で今夜でかけようとしたのか言え」

「あっ、あぁ……んぁっ、それは……」

先をうながすように、埋められた指が内壁をひっかく。ぎりぎりまで引き抜かれ、一気に根本まで貫かれるとわけがわからなくなった。

それからは、政臣に質問されるままに答えていた。

インカレに所属している人の中に、姉が働いていたサニー製薬の関係者がいること。誘ってくれた友達がその人の知り合いで、茉莉の姉の話をしたら力になれるかもしれないと言ったこと。そして今夜のイベントで顔を合わせる場を、大学の先輩と友人がセッティングしてくれたことを政臣に白状した。

「……そういうことか」

「おねがい……言ったから、もう……」

快楽で忘れかけていた今夜の目的を思い出し、茉莉は懇願するように政臣を見上げた。彼だって、姉の事故の真相を知りたいはず。話したのだから、イベントにいかせてくれるだろう。

だが、政臣は冷笑すると、「駄目だ」と首を振った。

「余計に、ここでやめられなくなった。今夜はここから出さない」

「なんっ……ひゃぁあぁんっ！」

蜜口あたりをなぶっていた指が、二本になって急に押し入ってきた。乱暴な挿入に腰がびくんっと跳ねる。

「やぁ、いやっ……！　あぁ、ひっ……！」

茉莉の中が落ち着くのを待たずに、指が動き出す。からみつく内壁をえぐるように抜き差しし、すぐに数を三本に増やした。まだ慣れていない中が圧迫され、締まる入り口は少し痛いぐらいだ。それでも、繰り返し中を蹂躙《じゅうりん》されていると、いつの間にか緩んできて、指を奥へと誘い込むようにいやらしく収縮し出す。

「もう、いいだろう……こっちも限界だ。ずっとほしかったんだ」

政臣のかすれた声がして、中をかき回していた指が抜けていった。ほっとするよりも、喪失感に膣が淫らにわななく。すぐに硬いものが蜜口に当たり、くちゅりと音がした。きゅうっとすぼまったそこを、硬い切っ先が押し開く。指とは比べものにならない太さを感じて、体がこわばった。

「あっ……！　いや、だ、め……ひっ、ん……ッ！」

無理だと、息も切れ切れに訴えるが、やめてはもらえなかった。膝を胸に付くぐらい折り曲げられ、腰が浮く。胸が圧迫されて息苦しさに視界がかすむ。そこに政臣の太いモノが押し入ってきた。

「ひっん……！　いたっ、痛い……ッ、あぁぁッ！」

無理やり開かれるそこに痛みが走る。快楽に変わってくれるような疼痛ではない。裂けるような感覚に涙がぽろぽろとこぼれ落ち、なにかが切れた。

「あ……あぁ……」

声にならない悲鳴が喉を震わせ、がくんっ、と体から力が抜ける。その弛緩《しかん》したところを奥まで貫かれ、意識が遠のいた。腰が引かれ、ずるりと中ほどまで抜ける感覚がして止まる。

「茉莉……まさか、お前っ……」

政臣の引きつった声がした。朦朧《もうろう》としながら見上げると、強引さはどこにいったのか青い顔をして茉莉と繋がった場所を見下ろしている。

「悪い。初めてだったなんて……いや、でも……」

こわばっていた政臣の顔に暗い笑みが浮かんだ。中を埋める凶器の質量が増したような感触がした。

「そうか……なら、もう手放せないな。お前を誰にもやれない」

「え……どういう？」

「逃さないってことだよ」

恍惚《こうこつ》とした表情の政臣が、茉莉の頬を大きな手で優しく包み込み唇が重なった。激しさはない、けれどすべてをのみ込むような、ねっとりとした口づけだった。

吐息も意識も奪われていく。破瓜《はか》の衝撃で脱力した茉莉の口腔を舌で撫で回し、喉の奥まで犯しつくすように舐められる。

濃厚になっていくキスに、痛みで散ってしまった快感がゆっくりと戻ってくる。ぴくん、と跳ねる腰を政臣の手が撫でると、体の奥が疼いた。肌の上を手が這い回る。茉莉の感じる場所をたどられ、少し残っていた痛みがむず痒《がゆ》い甘さをおび、淫らな感覚を呼び覚ましていく。

頭上ではカタカタと金属音がして、拘束が解かれた。

「悪かった。痛かったな……」

口づけの合間に謝られ、痺れた手首を揉まれる。労るような優しい手つきに、胸の奥がじんわりと甘くなった。

痛みと緊張で硬くなっていた膣も柔らかくとろける。くちゅり、と蜜口が震え、政臣の雄を締め付けた。

「あっ、あ……ハァ、アッ……ん！」

半分だけ埋められた中が、きゅうっと締まる。もっと奥まで満たしてとでもいうように、収縮して誘う。

「もう、大丈夫そうだな」

茉莉の反応が変わったのに気づいた政臣が、体を離す。

「動くぞ」

端的に告げると、茉莉の腰を摑んで根本まで突き入れた。

「きゃっ、ん……あっあああぁっ！」

満たされた衝撃に甘い悲鳴が上がる。痛みはもうなかった。

ぎりぎりまで引き抜かれ、突き入れられる。かき回されて、茉莉が過敏に反応する場所を硬い切っ先でえぐるように刺激された。

「あっあんっ、だめっ……やんっ！」

「どうして？　気持ちいいだろ？」

「ひっ……ン！　いやぁ、変なの……っ」

繰り返される抽挿に、知らなかった悦楽を引き出される。変わっていく体が怖い。

「おかしくなってしまえ……俺はもう、こんなに溺れてるんだから」

艶めいた声がして、政臣の動きが激しさを増す。腰骨を打ち付けるような抜き差しに、茉莉の腰も自然と揺れる。

もっと快楽がほしくて、政臣を近くに感じたくて腕を伸ばした。政臣の目が嬉しそうに細められる。

「おいで……」

掴まれた手を引かれ、覆いかぶさってきた政臣の首に回される。より、繋がりが深くなった。

「あぅ、あぁ……まさ、おみ」

名前を呼ぶと唇が重なる。上も下もからみ合い、甘い疼きが大きくなっていく。

「んっ……んんぅ、もっ……だめッ」

中の締め付けが増し、痙攣が激しくなる。絶頂が近い。

「俺も、もたない……くっ！」

ずんっ、と最奥を強く突かれ蜜口が締まった。政臣が顔をしかめ、小さく呻く。

「あぁ……ッ！　ひぅッ……！」

膣が強くひくついて達するのと同時に、政臣の熱も弾けた。

「はっ……あ、あぁ……はぁっ」

どくどく、と注ぎ込まれる精液になぜか気持ちまで満たされていく。避妊や妊娠のことなど意識にも上らなかった。

荒い息をつきながら甘い余韻に身を任せ、瞼を閉じる。全身が弛緩し、心地よい倦怠《けんたい》感にまどろむ。このまま寝てしまいたい。

けれどそれは許されなかった。ふわふわした気分から現実に引き戻すように、政臣が腰を揺する。まだ抜かれていなかったそれは、いつの間にか硬さを取り戻していた。

「え……なん、で？」

「茉莉、まだだ」

「いやぁ、もっ……むりっ……！」

初めてで慣れていない身も心も、もうへとへとだった。逃げようと身をよじるが、腰を引き戻され荒々しく中を穿たれる。

「一度で終われるわけがないだろ。ずっと欲しかったんだ……。悪いが、逃げられないと思え」

覆いかぶさってきた政臣の低い美声に、背筋がぞわりとした。

「あっ、あぁぁ！　やめ……ッ」

無情にも政臣が動き出す。さっきよりも余裕のある抽挿だったが、それは茉莉にとっては甘い責め苦の始まりだった。快楽に翻弄される時間が長くなれば、初めての体には酷すぎる。

そうとわかっていてなのか。それからじっくり味わうように時間をかけ、政臣に体を堪能された。意識を飛ばしても、快楽で引き戻される。その繰り返しに、終わる頃には茉莉の涙は枯れ果てていた。

4

「なんて夢……寝覚め悪すぎ……」

痛む頭に呻きながら、薄目を開ける。部屋が暗くてなにも見えない。いつもなら、遮光カーテンの隙間から差し込む光でそれなりに明るいのに、真夜中なのだろうか。

考えるのも面倒で、目を閉じる。どれだけ飲んだのだろう。どくどくと血管が収縮するこの痛みは二日酔いの症状だ。学生の頃ならともかく、社会人になってからこんな飲み方はしていない。度数の高いアルコールを飲んだ覚えもないのに、どうしたのだろうか。

髪をかき乱すように額を押さえ、ごろんと寝返りを打って硬直した。隣に誰かいる。

横になって投げ出した手が、硬くて温かい肌に当たっている。感触から男の素肌だ。目を開けるのが怖い。

茉莉の体を包む布団もじかに肌に触れている。下着もつけていない。

さーっ、と血の気が引く。これは、どういうことだ。

そもそも、なぜこんなに頭が痛いのか。なにがあったのか思い出せない。

茂木や同僚、医師たちとトラットリアで食事をしていたのは覚えている。お開きになり、お店の前で車やタクシーで帰る人たちと別れた。茉莉は茂木や同僚たちと一緒に駅に向かった。

みんなお酒が入っていたが、悪酔いしている人はいない。茉莉もほろ酔い程度で、二日酔いになるような酒量ではなかった。ましてや記憶をなくすような状態でなかったのも憶えている。ただ改札をくぐった記憶がない。

最悪の状況しか想定できなかった。政臣の忠告を思い出し、今さら後悔しても遅い。どうしよう、起きたくない。このまま二度寝して起きたら夢だった、という落ちになっていないだろうか。現実逃避を始めた頃、隣の男が動いた。

「んっ……うぅ……っ」

低くかすれた声がして、寝返りを打った男の手が腰に回る。引き寄せられ、力強い腕の中に閉じ込められて思わず目を見開いた。

逞しい胸板だ。暗くてよくは見えなかったが、手の感触でわかる。

ああ、終わった。あきらかに薬を盛られてなにかされた後だ。

恐る恐る顔を上げる。相手が誰なのか確認しないと、なにも始まらない。

「え……まさ、おみ?」

だんだんと暗さに慣れてきて見えたのは、見慣れた男の寝顔だった。

もしかして夢の続きなのか、と首をひねる。

あれは、初めて抱かれたときの夢だった。強引に甘く奪われたあの夜。なかなか解放してもらえなかった。何度、やめてと泣いて懇願したことか。

腕の拘束をとかれてから、ひどいことはいっさいされなかったが、慣れない快感に翻弄され続けた。執拗な愛撫と交わりは、甘くて苦しい悦楽を茉莉に与え、体も意識もぐずぐずに溶かした。最後のほうは嬌声を上げる体力もなくなり、失神するように眠りについた。

「最低……っ」

思い出して眉をしかめる。胸がしぼられるように痛んだ。

嵐の過ぎ去った明け方。目を覚ました茉莉を政臣は脅してきた。

謝罪や言い訳、もしくは告白でもされると思っていたわけではない。

姉の恋人なのだから、そんな期待はなかった。拘束されたり、力で敵わなかったのはともかく、茉莉にも落ち度がある。キスに流され、本気で抵抗しなかった。ずっと片想いしていた政臣に抱かれたいと思ってしまった。姉が意識不明だというのに、最低な妹だ。

だから政臣と自分は同罪だろう。どんな言い訳をされても許そう、なかったことにしようと思っていた。姉の代わりにされたのだとしてもよかった。きっと政臣は極度の過労と茉莉への怒りから、性欲をコントロールできなくなっただけなのだ。彼も、恋人である姉を失いかけて弱っていた。

なのに……政臣は姉の治療と引き替えに脅してきた。

意味がわからなかった。一度の過ちで終わるものだと思っていたのに、また体を差し出せという。それは継続的に姉を裏切れということだ。一度したなら二度裏切るのも同じだと言われてしまえば反論できないが、姉と誠実に付き合っていると信じていただけにショックだった。

あれこれと茉莉の世話を焼いてくれるのも姉への愛情あってこそで、二人は将来結婚するのだと思っていた。それぐらい仲のいい恋人同士だったのだ。

なぜ政臣がこんな残酷な要求をしてくるのか、真意を知るのが怖くてなにも聞けなかった。茉莉の知る彼ではないみたいだった。

本当は逃げ出したかった。政臣の出す提案を拒んでしまいたかったけれど、それは姉を見捨てることになる。あの状況で政臣の助けを断っていたら、茉莉はすぐに追いつめられただろう。姉にきちんとした治療や看病をしてやれず、死なせてしまったかもしれない。

政臣と関係を持った上に、そんなことはできなかった。姉に嫉妬することはあっても、それを上回る愛情があった。たった一人の家族でもある。

けれど姉の命を繋ぐために、姉を裏切らなければいけない。なぜ政臣は茉莉だけでなく、恋人である姉にまでこんなひどい仕打ちをするのか。意識不明でわからないから、なにをしてもいいと思っているのだろうか。

どうしようもない怒りと悲しみと屈辱感がないまぜになり、気づいたら政臣をひっぱたいていたのだ。

「嫌なこと思い出した……。それより、なにがあったんだろ？」

茉莉は身じろいで、暗い室内に視線をやる。窓がないようなので、たぶんラブホテルだ。

トラットリアでの食事会後、政臣が電話での宣言通りに迎えにきたのだろう。それからホテルにきて、政臣に抱かれたのだろうか。

「何時かな？　今日、休みでよかった」

時計を探して起き上がろうとしたら、腰に回った腕に力が入る。ベッドに引き戻され、向かい合うかたちで政臣の胸の中に抱き込まれた。

「……うるさい。まだ寝かせろ」

「寝てていいから、はなして」

からみついてくる腕をほどこうとするが、がっちりとホールドされてしまい身動きできない。眠い人間の力ではなかった。

「ちょっと、もう眠くないんでしょ？」

「眠いよ。昨日は急患で予定外のオペもあって忙しかったんだ。一昨日から数時間しか寝てねえし。やっと一息ついたとこで、お前が茂木とでかけたって連絡が……」

「連絡？　誰から？」

声がすっと硬くなる。政臣から、しまったという空気が伝わってきた。

「どういうこと？　私のこと監視してるわけ？」

「いや、そうじゃなくて。知り合いから会食の話を聞いただけだ。それより、大変だったんだからな。少しは反省しろ」

「なっ、話そらさな……」

「俺が予想したとおり、お前あのままだったら、なにされてたかわからなかったぞ」

茉莉の言葉をさえぎり、政臣は口調を強くした。

「駅前で意識なくして、茂木に抱えられて医者を名乗る男の車に乗せられそうになってたんだからな。他の同僚たちも、茂木の言葉信じて止めねえし」

医者というのは、車できているからとアルコールを口にしなかった男性だろう。切らしたと言って名刺はくれなかったが、開業医で浅見《あさみ》と名乗っていた。彼とは店の前で別れた。

政臣が言うには、その彼がたまたま駅前を通りがかり、突然意識を失くして茂木と同僚らに介抱される茉莉を見かけ、親切心から車で病院に送ることになったらしい。たまたま通りかかったなんて嘘だ。示し合わせていたに違いないと政臣が言う。

茂木は同僚らに、茉莉がけっこう飲んでいたので急性アルコール中毒かもしれないと言っていたそうだ。あり得ない。茉莉は自分の酒量をわかっている。泥酔するまでは絶対に飲まない。

そこに政臣が乗り込み、俺の恋人だからと茉莉を強引に奪い自分の車に乗せ、このラブホテルにきたという。

「本当はうちの病院に戻って、お前の血液検査したかったんだけどさ、さすがに俺が眠すぎて事故りそうだったからあきらめたんだ。それにどうせ、証拠が残るような薬も使ってないだろうしな。できれば茂木たちにホテルにでも連れ込まれるとこを押さえられればよかったんだが、そんな余裕はなかった……」

ふう、と嘆息し髪をかき上げる政臣は、どこか弱々しい表情をしていて茉莉の心臓が跳ねる。

「ともかく、お前が無事でよかったよ」

「えっ……う、うん。その、ありがと……」

大きな手が包み込むように茉莉の頬を撫でる。そのまま政臣の顔が近づいてくる。流されて目を閉じようとしていた茉莉は、はっとして視線を上げた。

「ちょっと待って、それでなんで私たち裸なの？　意識ない私に、なんかしたの？」

なにかされても文句は言えない関係だが、知らない間に体を勝手にされるのは抵抗がある。責めるように政臣を睨むと、ぎゅうっ、と耳を摑まれ引っぱられた。

「いっ、いた、痛いっ！」

「ふざけんなよ。意識のない人間に医者の俺がなんかするわけないだろ！　しかも薬も盛られた可能性があるヤツを！　経過観察と介抱していただけにきまってんだろがっ！」

政臣の額の血管が浮いて見えた。

「ご、ごめんなさい……でも、なんで裸なの？」

苦虫を嚙み潰したような表情で政臣は息を吐き、茉莉の耳から手をはなした。

「お前が吐いたせいだ。ここ入ってから少し意識を取り戻して、気持ち悪いって言ってすぐ、俺に向かって全部ぶちまけたんだ。幸い、浴室に慌てて連れ込んだあとだったから部屋に被害はないけどな。俺とお前の服はゲロまみれになった」

まったく憶えていない。茉莉はじんじんする耳朶を押さえて青ざめた。

「しかも吐きながら意識失うから、喉に吐瀉《としゃ》物がつまったらって気が気じゃなかった」

政臣はそんな茉莉の喉に指を突っ込んで、吐瀉物をかき出してくれたそうだ。それから汚れた服を脱がし、茉莉を風呂に入れた。

どうりで顔もすっきりしているわけだ。メイクもラブホテルのアメニティで綺麗に落としてくれたらしい。

「……本当にごめんなさい」

謝罪以外の言葉が見つからなかった。

初めて抱かれたあとのことを思い出して、頭が痛くなってきた。

あのときと少し似ている。政臣をひっぱたいたあと、啖呵《たんか》を切るように条件をのんだもののの、一人では立ち上がれないほど体はぼろぼろだった。勢いで自宅に戻ろうと思ったのに、ベッドから転がり落ちて政臣に助け起こされ浴室に連れて行かれ、体の隅々まで洗われた。節々の痛む茉莉は抵抗もできなかった。

風呂から上がってからも甲斐甲斐《かいがい》しく面倒をみられ、繰り返された抽挿でこすれた蜜口に薬まで塗られたのだ。思い出すだけで羞恥と悔しさに頬が熱くなる。

薬を塗る政臣の目つきも手つきも淡々としていて、医者の顔をしていた。

ショックだった。優しく世話をされて、少し勘違いしていた。無理やりな行為を反省して労わってくれたのかと思っていたが、政臣はただ単に、医者として目の前の怪我人を介抱していただけ。

　ぞんざいに扱われるよりはいいが、なんともいえない虚無感を抱え眠りに落ちた。次に目覚めると、政臣から今度は医者らしい説明つきでアフターピルを差し出されるという、散々な初体験として茉莉の記憶に刻み込まれたのだった。

　あのときと状況は違えど、やってもらったことは同じ。またしても介抱されてしまった。

　恥ずかしいやら情けないやらで、ベッドに沈み込む。ショックで体が重い。

「そんで、浴室でたら少し意識を取り戻したからスポドリ飲ませた。脱水症状にはなってないよな？　そこにペットボトルあるから、喉が渇いたなら飲んどけよ」

　政臣が茉莉の枕の上を指さす。中身が半分ぐらい残ったペットボトルが転がっていた。

「あと、服は風呂で適当に洗ってそこに干してる。しわくちゃだけど文句言うなよ。ま、帰りは俺の車で送ってくから問題ないだろ」

　エアコンの送風口の近くに、ゆらゆら揺れる影が見える。あれが茉莉と政臣の服なのだろう。

「……なにからなにまで、お手数をおかけして申し訳ございませんでした」

　なんとなく丁寧な口調になってしまう。恥ずかしくて政臣の顔を見られない。

「悪いって思ってんなら、もうよけいなこと言わずに俺を寝かせてくれ。さすがに限界。起きたら質問に答えてやるから」

　ふぁ、と意外にも可愛らしいあくびをもらした政臣は、抱き枕のように茉莉に手足をからませ目を閉じる。

「……一人でどっかいって、俺に心配させんなよ」

かすれたつぶやきは、拗ねたような口調だった。

拘束するように、からまる手足の力が強くなる。寝にくくて苦しかったが、その甘い拘束を振りほどくことはできなかった。

しばらくして、耳元で政臣の規則正しい寝息が聞こえてきた。茉莉も目を閉じる。

政臣に助けられたのは感謝しているが、茂木や同僚たちの前で「恋人だ」と言ったらしいのを思い出して溜め息がもれた。明日以降、会社でどんな噂になっているのか恐ろしいけれど、今は考えるだけ無駄だろう。茉莉はそっと政臣の胸に頬を寄せ、心臓の音を聞きながらいつしか眠りに落ちていった。

それから数日。茉莉の想像以上に、会社での噂はひどいものになっていた。

「びっくりだよね～、茂木さんのこと」

「裏で、医者に女の子を斡旋《あっせん》してたってほんとなのかな?」

「ほんとだからクビになったんでしょ」

「クビじゃなくて自主退社だよ～」

トイレの一番奥の個室から出ようとして聞こえてきた内容に、茉莉は鍵にかけていた手を止め、蓋をした便器の上に座り込んだ。

恐らく内勤の女性たちだ。

「あーあ、私、茂木さん狙ってたのに」

「残念だよね。まさか今時、枕があるなんてねぇ」

「枕営業じゃなくない？　本人の同意なくヤらせてたんだから、犯罪でしょ」

政臣が言ったとおりだった。茉莉の件が噂になり、数名の被害者が会社に名乗り出たそうだ。匿名での訴えもあった。

茂木はいつからか、陰で女性好きな医師に好みの子を紹介するなどの性接待をしていた。用意する女性は会社の子や、病院で知り合った看護師など。その中にＭＲも含まれていたらしい。あとあと問題にならないよう、あくまで個人同士の恋愛と見せかけるために合コンや食事会をセッティングしていた。

ただ、出会いを用意しても女性にその気がなければうまくいかない。そこで、酒に酔わせたりなどして強引に体の関係を持たせていたそうだ。

被害にあった女性が訴え出なかったのは、茂木に「君にも落ち度があった」と言いくるめられていたからだ。ＭＲの場合は、そういう事実が出回っては今後仕事がしにくくなる。被害者なのに、女性側が枕営業をしていたと噂がたつかもしれない。それが嫌で口をつぐんでいたという。

茉莉は今回、茂木のその手口にまんまとはまりかけた。だが未遂で、なんの証拠もない。警察に被害届は出さなかった。他の被害者たちも証拠がなく、時間がたってしまったので泣き寝入りだ。

なのになぜ茂木の所業がバレ、退職になったかというと、黒木総合病院からサニー製薬に対して陳情があったからだ。実際は、院長の父親を通しての政臣の訴えである。

茂木は茉莉に薬を盛る以外にも、問題を起こしていたのだ。

彼は女好きで、あちこちの病院で女性看護師と関係を持っていた。そのうちの一人、黒木総合病院の看護師から病院の情報をもらっていたのが露呈した。大した内容ではなかったが、じゅうぶん情報漏洩《ろうえい》にあたる行為で、その看護師は解雇になったという。

これが自主退職の表向きの理由で、証拠のない茉莉の件はついでだ。しかし噂になったのはこちらのほうだった。ネタとして面白いからだろう。

茉莉も上に呼び出され、事実確認をされた。嘘をつくわけにもいかないので、正直にすべて話した。

「でも、犯罪ならなんで茂木さん逮捕されないの？」

「会社としては表沙汰にしたくないから、内々でことを処理したんじゃない？　ほら……被害者の彼女も訴えなかったんでしょ」

そこで微妙な間がある。「彼女」とにごしたが、それが茉莉を指していることをみんな知っているのだろう。会社側は茉莉だと漏れないよう配慮はしてくれたが、意識をなくす現場を同僚たちに見られている。

「未遂……だったんでしょ？」

「らしいけどね。どうなんだろ？」

「食事会に参加した人たちの話しだと、寸前で恋人だって男性が現れて彼女を連れ去ったらしいじゃん」

政臣のことだ。心臓の鼓動が早くなり冷や汗が流れる。

「その男性も医者って聞いたよ。案外、そっちに売られたんじゃないの？」

「そういうのもあるか……どこの医者なんだろ？」

「食事会に参加してない人だから誰だかわからないって。でも、すっごいイケメンだったらしいよ」

相手が誰か、まだ特定されていないことにほっとするが、それも時間の問題かもしれない。

「へえ～、誰なんだろ。気になる～」

「茂木さんは知り合いだったみたい。担当エリアのお医者さんなんじゃない？」

「なら、イケメンの若い医者で絞れそうだよね」

彼女たちの好奇心に頭を抱える。調べたりしないでほしい。結果、姉のことにたどり着いたらと思うと胃が痛くなってきた。

姉がこの会社で働いていたことを上司は知っているが、他では話していない。苗字も珍しいものではないので、姉を知っていても茉莉が妹だと気づく人間はほぼいないだろう。

だが、ここに政臣が加わると、三人の関係が芋蔓《いもづる》式に露見するかもしれない。そうなったら今度は、意識不明の姉の恋人を寝取った妹として噂になりそうだ。

会社にいづらくなるだけでなく、ＭＲの間で噂が広まれば、他社への転職だってやりにくい。平気な顔で転職できるほど、茉莉はまだ社会人として図太くなかった。最悪、ＭＲの仕事をあきらめなくてはならない。

「これじゃ、政臣の思うつぼじゃん……」

女性たちがトイレから出ていく足音を聞きながら嘆息する。

政臣は会社に、茉莉との関係を恋人とは言わなかったらしい。同僚たちの前で恋人を名乗ったのは、連れて行く方便だった。

友人である姉の妹で、昔からの知り合いだと。事故があってからは、友人の姉に頼まれたこともあり面倒をみてきたので、今回のことで両親ともども非常に憤っていると会社に告げてきたそうだ。

おかげで茉莉は、黒木総合病院の身内として会社から見られるようになった。

「ああ、もう。めんどくさいな」

まだ研修も終わっていない新人だというのに、気が重い。これから席に戻って、新しく指導についた先輩に頼まれた資料作りがある。なにか聞いてくる人間はいないが、人の視線が気になって部屋にいづらかった。

のろのろとトイレから出てロッカールームに向かう。資料作りに必要な書類を、鞄に入れたままロッカーに置いてきてしまったのだ。それを取りに席を立ったついでにトイレに入ったら、あんな話を聞くはめになった。

帰りの遅い茉莉を、先輩が気にしているかもしれない。

大きな溜め息をつきながらドアを開く。

「ひっ……！」

薄暗いロッカールーム内にあった人影に飛び上がりそうになる。誰もいないと思っていたので、くさくさした気持ちも隠さずぶすっとした顔をしていた。

「あ、あの……失礼しました。暗くないですか？」

変な顔を見られたかもしれない。あの新人、あんな噂がある上に態度まで悪いのかと思われてはいないだろうか。暗くて見えなかったことを願いながら、部屋の電気をつけた。

事務の女性だ。なにをしていたのだろう。ばたんっ、と一番奥のロッカーを閉じて鍵をかけると、茉莉に不審そうな目を向けてくる。さっきトイレで話していた女性のうちの一人なのかもしれない。

「えっと、書類を取りにきただけで……」

無言の女性にたじろぎ、しなくていい言い訳をする。女性は、「だから？」と言いたげな目をすると、なにも言わず早足で茉莉の横をすり抜けていった。

「なんだったんだろ？」

茉莉は肩を落とし、なんとなくさっき彼女が閉じたロッカーのネームプレートを見る。

「涼風《すずかぜ》」と書いてある。

「あれ……？　同じ苗字なのかな？　珍しい」

新しくついた先輩と同じだった。そんなに見かけない苗字なので妙だったが、鍵を持っていたのだから本人のロッカーなのだろう。

茉莉は自分のロッカーから目当ての資料を取り出すと、噂に変な尾鰭《おひれ》がつかないことを願って溜め息を吐いた。


「それにしても、茂木さんはなんであなたをターゲットにしたのかしら」

茂木の代わりについてくれた先輩の言葉に、茉莉は飲んでいた紅茶を噴き出しそうになった。昼過ぎの人がまばらになったオフィス街のカフェで、向かい合って座っていた。

二人の間には、ノートパソコンと資料などがある。

社内は居心地が悪いだろうから外で資料をまとめようと、先輩が連れ出してくれたのだ。

軽くむせているとナプキンを差し出される。綺麗に整えられ磨かれた爪が目に入った。

長くて形のよい薬指にハーフエタニティの結婚指輪がはまっている。

「唐突にごめんなさい。驚かすつもりはなかったのよ」

顔を上げると、気の強そうな切れ長の目を細めて微笑まれる。きつい顔の美人だが、こうして笑っていると愛嬌がある。涼風蘭《らん》という芸能人みたいな名前も似合っていた。

「す、すみません……びっくりして」

「この話題出すの悪いと思ったんだけど、気になっちゃって」

そう言う先輩に悪気も、詮索する気配もなくてほっとする。さっぱりとした、ちょうどよい距離感だ。

「ターゲットにされたってことは、私を気に入った先生がいたんじゃないですか？」

涼風と違い、地味な自分がそういうターゲットにされたと言うのはなんとなく気が引ける。だが昔から茉莉は、「大人しく言うことをききそう」という理由から、変な男にからまられやすかった。きっとそういう手合いの男性だったのだろう。

茉莉を車に乗せようとしていた、浅見と名乗った医師がどうなったかは知らない。なにもなかったので、多分お咎めなしに違いない。そんな人間が医師として働き続けている現実に吐き気がした。

「宮下さん、キレイだもんね。紹介してくれないかって声かけてくる社員とか、お医者さんがけっこういるのよね。セクハラだし、まだ新人で慣れてないのに変なことしないでって追っ払ってるけど、気になる人とかいたら取り持つわよ」

涼風は落ちてきた長い前髪を耳にかけながら、ペンケースを開く。

「え……冗談ですか？　そんな、私なんて地味で……」

「ああ、お姉さんが派手なタイプだから、そう思っちゃうのか。地味でぱっと見では目立たないけどキレイ系でしょ。男はこういうタイプ好きよね」

涼風の言うことはまったく信じられなかったが、それより聞き捨てならない言葉があった。

「あの、姉のこと知ってるんですか？」

おそるおそる聞き返す。ペンケースを漁っていた涼風のきょとんとした視線とぶつかる。

「知ってるもなにも同期だし。導入研修で合宿したとき、可愛い妹がいるんだって、あなたの写真見せられたから」

それで憶えていたと笑う彼女に、茉莉は青くなった。このぶんだと姉の同期は、茉莉の顔を知っている。勝手に人の写真を見せびらかすなと、心の中で姉に悪態をつく。

仲良くなった相手にはもれなく妹の写真を見せて自慢していたのだと聞かされて、唇がひきつった。姉はちょっとシスコンの気があった。

「お姉さんの配属先もここの営業所で、ＯＪＴ担当したのも茂木さんだったの。お姉さんと仲良かったのよ茂木さん」

そう話しながら、涼風は嘆息してペンケースを閉じる。目的のものが見つからなかったらしい。顔をしかめて首を傾げる。聞くと、お気に入りのペンがないそうだ。

「茂木さん、私が妹だって知ってたんですかね？　そんな話はしなかったのに」

「気づいていたとは思うわ。あなたって、茂木さんのタイプだし」

「は？　タイプって……」

茂木の女癖の悪さを涼風は知っていた。各病院にいる看護師の恋人たちは、茉莉とタイプが似ているそうだ。

「率先してあなたの面倒みたいって言い出したから、反対したんだけど……彼、手が早いし。でも、会社の人間には手は出さないからって。たしかに、社内の子には手を出してないのよね」

　茂木は社内ではとにかく紳士だったそうだ。それに加え茂木の立ち回りのうまさから、社外での好色さは知られていなかったらしい。

「お姉さんが事故にあったこと、とても気に病んでたの。茂木さんのせいじゃないのに、なにか社内で悩みがあったんじゃないか。先輩として、なんで気づいてやれなかったんだって……」

　二人の間には男女の色めいたことはなく、純粋に仲の良い先輩後輩に見えたと涼風は言う。

「だから大丈夫かなって安心してたのに、危ない目にあわせて、ごめんなさい。こんなことなら、ＯＪＴ譲らなかったのに」

　涼風は今回のことに責任を感じているらしい。本来は彼女が茉莉の世話をみる予定だったそうだ。

「いえ、気にしないでください。幸い、なにもなかったですし」

「なにもじゃないわ。薬盛られたんでしょ？」

「みたいですけど、嘔吐《おうと》しちゃったんで、なに使われたのかわからないんですよね。だから、証拠はないいんです」

　証拠どころか、いつなにに薬を盛られたのかもわかってない。政臣は、同じ飲み物を頼んだのならすり替えられたのだろうと言う。茂木が自分の飲み物に薬を入れ、それを茉莉が飲んでいたグラスと取り違える振りで入れ替えたのだと。それなら人の飲み物に薬を入れるより簡単だ。

「そうなんだ……」

涼風が神妙に睫毛《まつげ》を伏せる。だがすぐに、ぱっと顔を上げて身を乗り出してきた。

「で、助けにきてくれたイケメンって誰？」

さっきまでの殊勝さはなく、目がらんらんと輝いている。

ＭＲとは、その職種性からコミュニケーション能力が高く行動的な人が多い。男性は、茂木のように好色なのも珍しくないという。好奇心も強くて、噂好きでもあるのだ。

彼女も例に洩れずゴシップが好きなのだろう。ただ、悪気がなさそうなのは救いだ。

茉莉はにっこりと微笑み返し、強い口調で断言した。

「絶対に教えません」

5

十月に入って現場研修も終わり、茉莉も独り立ちすることになった。これからは年末の認定試験の勉強をしながら、単独で病院訪問をすることになる。

　これで自由な時間が増える。姉の事故の真相について、会社内で調べることができるかもしれない、なんていう茉莉の甘い考えは数日で打ち砕かれた。

「つ、疲れた……」

　自宅に帰り着くなり、茉莉は玄関にうつ伏せに倒れ込んで目を閉じる。頬に当たった板張りの床が冷たくて気持ちいい。靴を脱ぐのも面倒くさいほど消耗していた。

　世間で言われるほど、今のＭＲは激務ではない。接待などが規制され、病院が閉まれば仕事も終わり。直行直帰も可能な仕事なので、働き方次第で自由時間も増える。土日休みもきちんととれて給料もいい。昔と違ってホワイトな職場だ。

　けれど、まだ仕事に慣れていない新人にとってはあまり関係のない話だった。

　働くということを甘くみていた。数ヵ月、ビジネスホテルに缶詰にされた研修も大変だと思ったが、朝から晩まで座学とテストの繰り返しだけで月給をもらい、休日もきちんとあった。なにもしなくても部屋は掃除され、決まった時間に食事も出てくる生活はとても恵まれていたのだ。

ＯＪＴも緊張することや、新たに憶えなくてはならないことがたくさんあり、先輩からの駄目出しでへこむこともあった。その代わり、責任を感じる場面はなかった。失敗しても先輩が助けてくれる安心感がある。

だが、独り立ちしたらそういう気楽さはなくなった。まだ新人なのでサポートはしてもらっているが、単独での病院訪問はＯＪＴのときより緊張し、担当病院の医師とうまく話せなかった。用意してほしいと頼まれた資料を間違えたり、配布する書類の内容に不備があったりと、失敗が続いている。

「私、思ったより仕事できないのかも……」

知識は蓄えたし、導入研修でのテスト成績はかなりよかったが、なにも役に立たなかった。憶えたことを使いこなせなくて、あとになってこうすればよかったと後悔ばかりだ。涼風には、慣れてくれば力の抜き方がわかって余裕も出てくると励まされたが、そうなる前に折れてしまいそうだった。

体力面よりも精神面が消耗している。

よくこれで、政臣の助力がなくても姉の面倒をみて自活もできるなんて思えたものだ。

お腹が、ぐうっと鳴った。帰りに外食するか、お弁当でも買ってくればよかった。そこまで頭が回らないほど疲れていた。もちろん夕食を今から作る体力も、外に食べにいく気力もない。

「ああ、もう……動きたくない」

「じゃあ、運んでやろうか?」

突然降ってきた声に、悲鳴を上げ飛び起きた。濡れ髪に、タオルを首にかけた政臣が立っていた。いかにもリラックスしてみえる部屋着は、いつの間にか置かれていたもので、勝手知ったる他人の家で風呂に入ったあとらしい。

「えっ? え、なんで? いたの?」

「いたのって……玄関の電気ついてただろ。あと、こっちにくるって連絡入れたが、スマホ見てないのか? それとも俺は、通知をオフにされているのか? この間、電話かけまくったからか……」

なぜか最後のほうは声が低く暗くなり、苦渋がにじんでいた。政臣から、おどろおどろしい空気まで発散されている。

何度も電話をかけたことを、政臣なりに気にしていたらしい。

「べ、別に……オフにはしてないよ。病院でマナーモードにして直帰してきたんだよね。解除するの忘れてたせいじゃない?」

ははっ、と乾いた笑いをもらいながら、玄関のたたきに落ちていた鞄を漁る。スマートフォンの画面を見ると、政臣からの通知が表示されていた。

「ああ、ほら。ちゃんと通知きてる。たまに通知くるのに時差あるし。無視してたわけじゃないから」

　通知画面を見せてやると、「そうか」と政臣がうなずく。黒い空気が引っ込んだことに胸をなで下ろす。

　事前連絡があったにせよ、許してもいないのに人の家へ勝手に上がっている男相手に、なぜびくびくしないといけないのか。この家の合い鍵にしても、茉莉が渡したのではなく、事故にあった姉の荷物から無断で取り出した鍵で、いつの間にか作っていたのだ。

　まだ政臣に襲われ脅される前のことで、「ほら、もしお前が一人でこの家で倒れたりしたら困るだろ。そういうときのために、俺が合い鍵を持っていたほうがいいと思うんだが、嫌か？」と涼しい顔で告げてきた。姉の事故のショックを引きずっていた茉莉は、そうかそういうこともあるのか。政臣はやっぱり頼りになるな、なんて思っていた。社会経験が乏しくて無防備すぎる。あの頃の自分は純粋だった。

「で、なに……？　私、今日はしたくない。疲れてる」

　ぶすっとした表情で見上げる。

　政臣がこうして茉莉の家にくるのは、たいてい抱くときだ。初めて抱かれたあと、彼からの呼び出しにいっさい返事をせず逃げ回っていたら、家に上がり込まれ待ち伏せされた。それからずっと、政臣は茉莉を抱きたくなると自宅へ勝手に上がっているようになった。

　最初の頃は、迫られると政臣を拒否できなかった。脅されているせいもあったが、経験値が足りなくてどう相手をすればいいかわからず流されていた。それが今では、疲れていると拒否できる。

政臣が無理強いはしないとわかったからだ。生理や体調不良だと絶対になにもしてこない。それどころか、熱で倒れていたら看病されていたこともある。それ以外でも、茉莉の気分が乗らないという理由で拒否しても大丈夫だった。無理やりだったのは、初めてのときだけだ。

唐突に家にこられると困るから事前に教えろと言えば、律儀に連絡してくるようになった。茉莉が逃げるかもしれなないのに。

脅している側だというのに、ずいぶん甘い。忙しい彼が茉莉を抱けるのはせいぜい月に二、三回だ。満足できているのだろうか、と不思議になる。

「別に、今日はそういう気分で来たんじゃない」

「じゃあ、なんで？」

ぼけっと見上げていると、政臣がしゃがみ込んで茉莉の足に手を伸ばす。疲れすぎて頭が回らず、それをぼんやりと見つめていたら、はいたままだったパンプスを脱がされ、たたきに揃えて置かれる。

「え……な、なにして……」

「靴を脱ぐことも考えられないぐらい疲れてる人間に、なんかするほど飢えてねぇよ。それより、どうする風呂も飯もあるぞ」

「へっ？」

　間抜けな声をもらし、目を丸くする。

「だから、風呂とご飯どっちを先にする？」

　至近距離で、風呂上がりのほんのり頬が上気した端正な顔の政臣が首を傾げる。濡れ髪が目の前で揺れ、艶が増す。頭が真っ白になった。

　新妻か……？

　自分がそういう台詞を言われる側になるとは思ってもいなかった。続く台詞は「それとも俺にする？」なんだろうが、食べられるのは茉莉のほうだ。想像して、ぶわっ、と頬に熱が集まる。

「え、えっと……」

　変に動揺してどもっていると、返事の代わりにお腹が大きな音をたてた。

「わかった。食事だな」

　そう言うが早いか、政臣は茉莉を横抱きにして立ち上がった。

「ひゃっ！　ちょっと、なんで！」

「さっき運んでやるって言っただろ。騒ぐな」

「いや、だからって……こんな」

「動きたくないんだろ。文句言うな」

　文句なんてない。そうではなく、なんでこんなことにと思っている間に、居間に着いた。政臣は茉莉をふかふかの座布団の上に降ろすと、続きの間になっている磨り硝子の戸を開ける。

　古いこの家に似合わないシステムキッチンの台所だ。祖母が病気になってから、介護をしやすいようにと水回りはすべてリフォームしたのだ。

「いい匂い……」

「味噌《みそ》汁あっためるから待ってろ」

　政臣はぞんざいに言い放つと、てきぱきと準備をすませて茉莉のもとに戻ってきた。飴色のどっしりとしたケヤキの座卓の上に、次々と皿が並ぶ。

　メインは鯖《さば》の味噌煮、副菜にほうれん草の和え物、煮物、ざく切りにされたトマト。赤出汁の味噌汁には、なめこが入っている。つやつやの白米に、溜め息がこぼれた。

　久々にまともな夕食だ。営業所に配属されてから、夜に自炊なんてしていなかった。

「すごい、作ったの？」

「いや、鯖や副菜はチルド。コンビニとかで売ってるだろ。俺だってさっきまで仕事してたんだから、自炊する気力なんてない」

「それでも、他は作ってくれたんだよね。なんで？」

　こんなによくしてもらえる意味がわからない。なにかよからぬ要求でもされるのでは、と訝《いぶか》しく思って見返すと睨まれた。

「そろそろ限界がくる時期なんじゃないかと思って様子見にきただけだ。働き始めって力配分へたくそでへこむことも多いし、医者ほどじゃないがMRも慣れるまでは忙しいからな。ただでさえお前は頼れる肉親もいないから、無理して倒れてたらって心配だったんだ」

「あ、ありがと……」

「案の定、来てみたら部屋は荒れてるし、洗ってない食器やフライパンが流しに積まれて汚いったらない。食洗機に食器入れる余裕もないなら料理なんてするな。虫がわくぞ」

感動してちょっと目が潤みかけたらこれだ。政臣は口が悪い。出会った頃はこうではなかったのに、茉莉を抱くようになって本性が出てから辛辣《しんらつ》になった。

「私だって、仕事に慣れれば家事ぐらいちゃんと……」

「ちゃんとする必要なんてねえよ。冷凍でもチルドでも、なんでも便利なものがたくさんあるんだから利用しろよ。朝食だけでも自炊しようとしてただろ？」

放置された洗い物を見てわかったと言う政臣に、言葉につまる。

「無駄な努力すんな。お前ずっとこの家で家事を担当してたから、ちゃんとやるのが当たり前に思ってるだろ。働いてるんだから、そんなの少しぐらいおろそかにしていいんだ。手を抜けるものはとことん手を抜け。楽しても誰もお前を責めない。それより体を大事にしろよ」

くしゃり、と頭を撫でられ泣きそうになった。

政臣の言うとおりだ。いつからか、この家で家事をするのは茉莉の仕事になっていた。

祖父母は仕事もあったし、もう無理のできない年齢だった。姉も家事はできたがあまり

得意ではなく、祖父母の仕事の手伝いに回っていた。祖父母が亡くなって姉と二人きりになってからは、完全に茉莉が家事担当になった。それを負担に思ったことはなく、当たり前のように家事をしてきたので、自分が働くようになってもできて当然だと思っていた。ちゃんとできなくて恥ずかしくさえ思っていたのを、政臣は見抜いていたみたいだ。

涼風にも、もっと力を抜いてやってもいい、茉莉は真面目すぎると言われていた。こういう、手抜きをしてはいけないと思い込んでいるところを、指摘していたのかもしれない。

「……ありがとう」

「いいから、冷める前に食べろ」

口は悪いけれど、やっぱり政臣は優しい。こういうことを不意にしてくるから困る。どうして脅されて、あんな関係になってしまったのかわからなくなる。

社会人の先輩として励ましているだけかもしれないが、変に期待してしまいそうになって胸が苦しかった。

夕食のあとは、急き立てられるように風呂に放り込まれた。ちょうどよく追い炊きされた湯船は、じんわりと心の奥まで温かくした。最近はシャワーですませていたので、疲れが芯からとれるようだった。

「飲むか？」

風呂から上がり居間に行くと、政臣からミネラルウォーターのペットボトルを手渡される。彼が出てきたキッチンからは、食洗機の稼働音が聞こえた。

ありがとう、と返して居間のソファに腰を下ろす。座卓の上はすっかり片付いていた。

「仕事はどうだ？　単独での病院訪問が始まった頃だよな」

「うん。まだ慣れなくて……」

同じようにペットボトルを持った政臣が、当たり前のように隣に腰掛ける。

「あ、そうだ。今日、見間違いかもしれないけど、あの男に似た人を病院で見かけたんだよね」

「あの男？」

「意識のない私を車に乗せようとした浅見って名前の人」

政臣の表情が硬くなる。ふと思い出して口にした話題だったが、言ってからまずかったかもと後悔する。

「どこの病院だ？」

そもそも見かけた病院が悪い。

「えっと……どこだったかな？　たくさん訪問してたから、ちょっとど忘れしちゃった」

ここは誤魔化してしまえと、苦笑してそらとぼける。だが政臣はそんなことで騙されなかった。

「なにが、ど忘れだ」

「え、なに言ってんの？　こんなに疲れてるのに……」

「お前、病院担当だろ。忘れるほど病院訪問してないはずだ」

「やだな……新人が病院担当になるわけないじゃん。開業医担当だよ」

ＭＲには総合病院や大学病院などの、たくさんの科がある大きな病院を訪問する病院担当と、街のクリニックや診療所などを訪問する開業医担当がいる。開業医担当は一日でいくつもクリニックを回るが、病院担当は何軒も訪問しない。

新人はたいてい開業医担当になる。病院担当にされることは滅多にないのだが、絶対にないわけでもない。

「嘘つくな。お前がうちの病院の担当にされたの知ってるぞ。昼間、面談に来てただろ」

すべて筒抜けか、と肩をがっくりと落とす。だから黒木総合病院の担当にはなりたくなかったのだが、茉莉に拒否権などなかった。

「……知ってるもなにも、政臣のせいでしょ。黒木総合病院の担当にされたのって」

刺々しく言い返すが鼻先で笑われる。

政臣の父である黒木院長が、ぜひ茉莉を担当にと望んだからららしい。だが実際は、息子に甘いところのある父親に、政臣が我が侭《まま》を言ったのだ。会社側はそれを断れなかったし、断る理由もなかった。

そもそも病院担当をしていた茂木がいなくなって、穴を埋める必要があった。そこで、黒木総合病院を担当するなら、新人だが茉莉を病院担当にしてしまおうということになった。大学病院など新人には荷が重いような病院はベテランに割り振り、そこまで規模が大きくない総合病院数件を茉莉が任されたのだ。

「持てる特権使ってなにが悪い。それで、どこの病院で浅見を見つけたんだ?」

にっこり微笑む政臣の目が怖い。嘘をつけば、明日には茉莉の担当病院を調べ上げられるだろう。

「……熊沢《くまざわ》病院」

観念して答えると、政臣の目が鋭く細められる。

「よりによって……お前、変なこと考えてないだろうな?」

どすのきいた声に、どきりと心臓が跳ねる。

熊沢病院は、黒木総合病院と同じぐらいの規模の病院だ。問題なのは、そこの精神科に姉が通院していたことだった。

「変なことって、なによ?　仕事で出入りする病院で妙な真似はさすがにできないから。会社に迷惑かかるでしょ」

そうは言ったが、熊沢病院の担当になってチャンスかもしれないと思ったのも事実だ。会社に迷惑にならない範囲で、なにか探れないかとは考えている。

そんな思惑を隠すように政臣をきっと睨み上げるが、返ってきた冷笑に茉莉は青ざめた。

「女って、嘘をつくときほどしっかりと目を合わせてくるから怖いよな」

政臣のほうが怖い。これは本気で機嫌が悪いときの笑みだ。

大きな手が、白くなった茉莉の頬をゆったりと撫でた。

「どうやら、躾《しつけ》直さないといけないようだな」

喉の奥が震え、もれそうになった悲鳴は、軽く触れてきた政臣の唇に吸い込まれた。

「やっ……あ、あン！　私、疲れてるって……ひゃぁ、ん」

「どうせ、明日は休みだろ。少しぐらい無理しても大丈夫だ」

風呂上がりに着ていたパジャマはあっという間に脱がされ、ソファの下に落とされる。ブラはつけていなかったので、ショーツだけの無防備な姿で抵抗してみるが無駄だった。

脱がされる間にも乳房を揉みしだかれ、あちこちに赤い痕を散らされ、すぐに息が上がる。硬く尖った乳首は、政臣の舌と歯でこすられ充血していた。空気が触れるだけでもひりひりとした疼痛にさいなまれ、変なふうに感じてしまう。

「も、いやぁ。しないって、言ったのにぃ……」

「お前が嘘なんてつくから悪い。覚悟しろよ」

「んっ……あぁ、ふぁンッ！」

顎を摑まれ唇を貪られ口腔を甘く嬲られると、たちまち力が抜ける。散々舐め回され吸われた唇は敏感になっていた。うなじを這い上がってくるぞくぞくする快感に、駄目だと思うのに意識も体もとろけてしまう。

「茉莉は……こうされると弱いよな」

キスの合間に、政臣が囁く。濃密な吐息が唇を撫で、疲れているはずの体に熱が灯る。

「やっ、やだってば……ぅんっ」

抗議する声は弱々しく、すぐに重なってきた唇に吸い取られる。ぬちゅぬちゅ、と舌が口内を犯す音に感じてしまう。胸を押し戻そうとしていた手は、すがりつくように政臣の服を摑んでいた。

「本当に嫌がってるならやめてやるよ。でも、そうじゃないだろ？」

本気で拒否できないのは政臣の愛撫のせいだというのに、悔しい。まるで茉莉が誘っているとでも言いたげだ。

「そんな濡れた目で見られても、可愛いだけだ」

睨みつけたのに、蜜のように甘い声を返されて目尻にキスを落とされる。わずかに残っていた反抗心さえ萎えていく。無理やりなはずなのに、政臣が欲しくて欲しくて体の奥が疼いてくる。

ショーツがじわりと濡れてくる感触に、すり合わせた膝が小刻みに震えた。その振動を感じた政臣の視線が、愛撫するように下肢を舐める。

「体は素直だな。もう、濡れてる」

「ひぃ、ん……っ！」

楽しげな声とともに、ショーツの貼り付く肉芽を摘まれ嬌声がもれた。膝を割り開かれる。

「少し触れただけで、あふれてくるな」

長い指がショーツの横から侵入し、襞《ひだ》をめくる。とろりと新たな蜜が滴り落ちた。その蜜を恥部に塗りたくるように指が動く。荒々しくこすられ、茉莉の腰がびくびくと快感に揺れた。

「とろとろだな。これなら、すぐに入れられるんじゃないか？」

「だめ、無理……そんなこと……あぅンっ！」

「本当に、口は素直じゃないな」

なんの前触れもなく、節くれ立った指が蜜口に入ってきた。

「あっ、あぁぁ……いやぁんっ！」

あられもない声が上がる。性急な刺激に、背がのけぞる。じゅくん、と蜜が中から漏れた。

「余裕そうだな。一本じゃ足りないだろ」

一気に入ってきた指は三本だった。

「いやぁ、やめっ……いっ、あぁ……きゃぅ、ンッ！」

苦しいと思ったのはほんの少しで、根本まで押し入ってきた指に腹の奥がきゅんっと甘くしぼられる。蜜口が締まり、指の形がわかるのではないかと思うほど内壁がからみつく。

「あんっ、あぁ……ひゃぁ、やぁっ！　動かさない、で……ッ！」

狭い蜜路を暴くように、中で指がばらばらに動き、茉莉の弱い場所を突いてくる。収縮する内壁に逆らうように指を抜き差しされると、もうたまらなかった。

「ひっ、あっ……！　あっあぁっ、だめ……めくれちゃう……っ！」

粘膜を引き出されるような激しい抽挿に、視界ががくがくと揺れる。乱暴なのに、茉莉をけっして傷つけることのない愛撫に理性が奪われていく。

「いやぁ、んっ！　やだ、やだぁ……変になる、からっ」

だらしなく開いて喘ぐことしかできなくなった唇から、飲みきれなかった唾液がこぼれる。きっとひどい顔をしているだろうに、政臣は興奮した目で茉莉を見つめ唇を重ねてきた。

「可愛い……茉莉、もっと乱れろ……」

こぼれる唾液に舌を這わせながら、政臣が熱っぽい声で囁く。中を犯す指の動きがもっと荒くなる。きゅうっ、と蜜口が縮まり熱が集まる。口づけが深くなり、茉莉の嬌声ごとのみこまれた。

「……ぃ、んっ！」

びくんっ、と全身が跳ね、政臣の肩にすがっていた指に力が入る。甘い疼きが高まって散っていく感覚に、しつこく指で犯された中が締まる。

「あ、くぅ……あぁ、はぁ……っ」

口づけから解放され、乱れた吐息がこぼれる。達した余韻でぼんやりしていると、指が引き抜かれて蜜口がひくんっと震えた。緩く走った快感に喉が鳴る。もう抵抗する気など微塵《みじん》も残っていなかった。

ショーツを脱がされ、政臣が準備をする気配がする。しないと言っていたのに、きちんと避妊具の用意はあったらしい。冷静にそんなことを考えていると、膝を深く折り曲げられ腰を抱えられる。狭いソファの上でそうされると、茉莉はもう身動きがとれなくなった。

「あっ……ッ！」

　硬い切っ先が当たったと思ったら、一息に貫かれて視界がかすむ。敏感になっていた体には強すぎる刺激だ。びくびくんっ、と膣が激しく痙攣する。

「ひっあぁ、あぁッ！　やっ、だめぇ急に、しちゃ……ん、ひゃぁっ！」

　脚をばたつかせ身をよじるが、おおいかぶさってきた政臣に動きを封じられる。頭を上から押さえるように抱き込まれ、ずり上がって逃げられない。快感を散らすことも許されず、深く深く奥をえぐられ、ずんっと重く突かれる。

「あっあっあぁ、やっ、やだぁ……これっ、いっやぁ……ん！」

「どうして？　疲れてるんだろ。なら、激しくないほうがいいよな？」

　政臣の意地悪な囁きに、目に涙がにじむ。

　乱暴に突かれるのもつらいが、こうやって身動きできないようにされ緩やかに繋がり続けるのはもっとこたえる。奥をぐりぐりと強く刺激されながら、濃厚に唇を重ねて嬌声さえも奪われるのだ。

　甘く苦しい快感を逃がすすべもない。激しくされるより時間も長くて、茉莉はいつも最後のほうはわけがわからなくなって泣いてしまう。体力もなくなって、翌朝は起きあがれなくなるのだ。

「やあぁ……っ、いやぁ、突かないでっ」

ぐぐっ、と圧迫するように最奥を押される。抜き差しはほとんどなく、揺するように腰を揺らして刺激してくる。

「ふぁ、ンッ……！　やめっ……明日、こまる……あぁっ」

切れ切れに訴えるが、返ってきたのは甘く残酷な言葉だった。

「安心しろ。俺も明日は休みなんだ。動けなくても、たっぷり面倒みてやるよ」

いやいや、と首を振る。目尻に溜まっていた涙が散る。

まったく安心できない。どんな無体をはたらかれるのかと、身がすくむ。躾直すと言っていたのだ。できれば一回で終わりにしてほしいが、目を細めた政臣は獲物を狙う獣のような顔をしていた。「逃がさない」と視線が言っている。

「なにもできないように、いっそのこと監禁してやりたいぐらいなんだ」

ぞっ、とするような艶のある笑みを浮かべて政臣がこぼす。細められた目は暗く感情がない。茉莉は口元をひきつらせた。

「じょ、冗談やめて……っ」

「冗談？　俺は本気だよ。犯罪にならないなら、とっくにやってる」

政臣が耳元に唇を寄せて囁き、長い指が脇腹を撫で上げる。駆け抜けたのは甘い痺れではなく、鳥肌が立つような快感だった。

「ああ、でも。誰にもバレなければいいのか……茉莉には、咎める家族もいないしな」

「や、やだっ……！　そんなこと……っ！」

実際に監禁なんてされないだろうが、本能的な恐怖を感じて声が裏返る。

「だったら、大人しくしてろよ。一人であちこち嗅ぎ回るな」

「ひゃぁ、んっ……あぁっ！」

政臣の声が一段と低くなり、上から押さえ込むように、ぐいっと中をえぐられた。

「お前になにかあったら、俺は……」

その先は聞こえなかった。キスにすべてのみこまれる。

「んっ、ぐ……ぅ！」

深く貫かれたまま、腰を掴まれ揺さぶられる。唇は塞がれ、口腔は舌でねっとりと犯されていて、声も出せない。喘げない苦しさのせいで、逃がせない快感が身の内でのたうち回る。

繋がった場所はぐちゅぐちゅと卑猥な音をたてて、隙間から蜜をあふれさせる。いっぱいに埋められた中が何度もこすられ、目眩がするような快感に茉莉は涙をこぼした。

絶頂に向かう波が何度も押し寄せては引いていく。痙攣がとまらない内壁は、ずっと達しているような状態だ。苦しくて、でも気持ちよくて頭がおかしくなりそうだった。

「あぁ、あ……んっ、もっ……やめっ」

唇がやっと離れ、息も絶え絶えに喘ぐ。もうやめて、と懇願しかけたところで政臣の体がすっと引いた。ずるり、と中を埋めていた熱が抜かれるが、蜜口がすぼまりかけたところに突き入れられた。

「ひっ……あぁっひぁあぁあッ！」

こじ開けられた入り口が強くこすられてわななく。急に激しい交わりに変えられ、意識が飛びそうになる。それを引き戻すように、がんがんと突かれた。

「いやぁいやあぁぁ……っ」

「こっちのほうが好きなんだろ？　なんで嫌がる？」

「ちがっ……ひぃんっ……！」

緩慢で濃厚な繋がりのあとの荒っぽい抽挿は劇薬みたいなものだった。快楽の渦に叩き落とされ、溺れる。

茉莉はあられもない声を上げ、されるがままだ。腰が浮くほど膝を折り畳まれ、上から硬い欲望をねじ込まれ何度も貫かれる。最奥をえぐる重さに息が切れ、喘ぎ声も潰れるほどだ。

「うぐ……っ、うぁ……あぐ……ッ、まさ、おみっ」

涙をぼろぼろこぼしながら名前を呼ぶ。この重苦しくて甘い快楽から逃れたくて、でもまだ浸っていたいような気持ちで、助けてと目だけで懇願した。

「くっ、茉莉……っ」

政臣も限界が近いのか息が上がっている。茉莉を見下ろす黒い双眸が艶をおびていやらしい。高鳴った胸に呼応するように、深く突き刺さった熱を膣がきつく締め付けた。

「あぁぁ、あぐぅ……ッ、あぁ……んっ！」

びくんっ、とつま先が丸まる。渦巻いていた快感が弾けて頭が真っ白になった。中に埋まったままの政臣のモノがどくどくと痙攣しているのが、なんとなくわかった。

弛緩していく体と一緒に、意識もとろける。このまま寝てしまいたいぐらいの脱力感に襲われるが、現実はそんなに甘くなかった。

体が浮く感覚にうっすら瞼を開く。ある意味、甘いと言える政臣の笑みが目に飛び込んできた。

「続きはベッドでしよう」

その声も、目尻に落ちるキスも優しいのに、これからされることを考えると気が遠くなった。もちろん遠くなった意識は、政臣の愛撫ですぐにも引き戻され、明け方近くまで解放してもらえなかった。

6

「……なんか、仕事にいきにくい」

熊沢病院の駐車場で大きく溜め息をつく。車から降りる気にもなれなくて、ハンドルに顔を埋める。

金曜の夜、政臣にされた躾直しのせいだ。熊沢病院の名前を見ると、思い出してしまって恥ずかしくなる。あの夜は散々な目にあった。

長時間の手術に耐えられるだけあって、政臣は体力と集中力がかなりある。一度繋がって達してからは余裕ができたのか、粘着質な愛撫に翻弄された。まるで手術か実験のように体の隅々まで弄りまわされ、感じる場所を淡々と開発されていった。

だいたい政臣の行為はしつこいのだ。頻繁に会って抱けないせいなのか、いつも一晩でする回数が多く時間も長い。政臣が初めてで彼以外を知らないので絶対とは言えないが、普通ではないと思う。

結局、泣いて懇願してもやめてもらえず、最後のほうはなにをしゃべっていたのか記憶にない。ただ、熊沢病院で姉のことを嗅ぎ回るなと繰り返し約束させられたのは憶えている。快楽に支配され、ぐずぐずになった脳ではそれに反論できるはずもなく、何度もうなずき返した。

翌日はきちんと世話を焼いてくれたが、ほとんど寝ていて記憶にない。日曜日は朝から急患で呼び出されたのか、茉莉がやっと起きてきた昼頃にはもういなかったが、書き置きとともにブランチが用意され、キッチンも綺麗に片付いていた。作り置きの野菜スープまである。政臣のほうが激務なはずなのに、マメなことだ。

そして月曜日の今日。営業所でメールチェックや資料の準備など終わってから、最初に向かった訪問先が熊沢病院だった。まるで政臣に図られたみたいだ。

「……最悪」

政臣は、茉莉が恥辱を感じるように抱き潰し、それと熊沢病院が結びつくように記憶に残したのだ。おかげで熊沢病院はなにも悪くないのに、気分的に訪問しづらい場所にされてしまった。

「やっぱり、MRを辞めさせようとしてるんだ」

ううっ、と悔しさに呻いてばかりもいられない。腹をくくらなくてはと、ハンドルから顔を上げ助手席に置いていたコンビニの袋をとる。中身はお昼ご飯のおにぎりとお茶。

予約した面談まで間がある。車でご飯を食べながらこの場に慣れてしまおう。病院のカフェを利用することも考えたが、駐車場にいるだけで落ち着かないのだから難しい。

「とにかく慣れてしまえば、恥ずかしくないはず……」

自己暗示をかけながら、おにぎりを一つ手に取ったとき。白衣の男性が目の前を横切った。

「あ……あの人って」

茉莉は口をあんぐりと開け、男性の横顔をまじまじと見つめる。浅見と名乗ったあの男だ。やはり、この間のは見間違いではなかった。

おにぎりを袋に戻すと、鞄をひっつかんで車から降りていた。病院に向かう男の後ろを、そっと追いかける。

政臣の顔が頭をよぎったが、約束したのは姉のことだ。あの男と姉は関係ないのだから問題ないはず。そう心の中で詭弁《きべん》をろうして、あんなに躊躇していた熊沢病院のエントランスをくぐる。羞恥よりも好奇心が打ち勝った。

エントランスを入ってすぐ、吹き抜けの総合受付があり外来の待合いホールになっている。男性はそこを素通りし、二階へ続くエスカレーターに乗る。途中、看護師に笑顔で挨拶をしていた。

「こんにちは。あの、さっきの先生ってどなたですか？」

声をかけた看護師は、先日、茉莉が知り合いになった女性だ。笑顔で話しかけると、なんの警戒心もなく教えてくれた。

「こんにちは。今のは精神科医の浅見先生ですよ」

どうやら名前は嘘ではなかったようだ。

「常勤なんですか？」

「そうですけど……どうかしたんですか？」

「いえ、大したことではないんですけど。ちょっと気になることがあって。ありがとうございました」

笑って誤魔化し、早々にその場を去る。余計なことを言って、茂木との件がバレたらこの病院に出入りしにくくなる。浅見のほうも、それは避けたいだろう。

待合いホールの隅で立ち止まり、考え込む。

「常勤ってことは、開業医なのは嘘だったんだ」

それにしても精神科医だなんて、姉の事故と繋がってしまった。いつからここで働いているのかも聞けばよかった。もし、姉の担当医だったとしたら、茂木も事故に関わっていたのかもしれない。茉莉が薬を盛られたことにも繋がっていくとしたら……。

今までは、姉に悪戯で薬を飲ませた人物がいて、事故が起きたのはたまたまだと考えていた。しかし、それは勘違いで、本当は故意に事故を起こさせ姉を始末しようとしていたのではないか。もしそうなら、嗅ぎ回っている茉莉は邪魔者だ。

犯人が茂木と浅見だったとして、茉莉が姉の事故を調べているなんて、どうやって知ったのだろう。会社では姉の話はいっさいしていないし、研修に集中していたので不審な言動もしていない。

だとしたら、茉莉が彼らの前に現れただけで、排除しないといけない理由ができたのだ。

ぞっとして足下が凍りついた。姉の事故についてなにかわかればとMRになったが、軽率だったのではないかと今さら気づく。

政臣がしつこく関わるなと言っていたのは、こういうことだったのかもしれない。

「どうしよ……とりあえず、車に戻ろう」

今は仕事のことを考えないとならない。車で食事をして気持ちを切り替えようと、正面玄関に向かって一歩踏み出したところで人とぶつかった。

「ご、ごめんなさい……っ！」

慌てて謝る。少しよろけた白衣の男性が「大丈夫です」と笑って返す。昼ご飯を買った帰りなのか、手には近所の弁当屋のビニール袋を持っている。首から下げたネームタグには薬剤師とあり、中野健二《なかのけんじ》と書いてあった。

「あれ……もしかして？」

茉莉より二、三歳年上ぐらいの彼に見覚えがある。

「中野先輩ですか？　同じ大学の宮下茉莉です。憶えてませんか？」

友達を介して数回会ったぐらいの相手なので、中野は憶えていないかもしれない。だが、茉莉はずっと記憶の片隅に引っかかっていた相手だ。

中野はつぶらな瞳を、しばらくぱちぱちして小首を傾げていたが、やっと思い当たったのか口をあんぐり開けてうなずいた。

「ああ……宮下さんか！」

懐かしいなぁ、と続けた彼は顔をくしゃりと笑み崩した。

「そっか、宮下さんはMRになったのかぁ」

「はい。先週ひとり立ちしたばかりの新人ですが」

二人は病院の中庭にあるベンチにいた。お昼でも食べながら、近況でも話さないかとなった。

少し肌寒くなってきた季節だが、今日は晴れていて暖かい。さっき感じた背筋の凍るような感覚も忘れて、大学時代の話に花が咲いた。

「そうそうお姉さんもMRだったよね……あっ！」

口にしてから姉の事故を思い出したのだろう。お人好しっぽい八の字眉をさらに困らせ、中野は「ご、ごめ……」と口ごもる。

「いいえ、気にしないでください。こっちこそ、中野先輩にはお世話になったのに、あのとき約束をすっぽかすことになってすみませんでした。ずっと気にかかっていたんです」

政臣に無理やり抱かれてしまい、参加できなかったハロウィンパーティー。友達には連絡できず、その後どうなったのか実は知らなかった。

抱かれたことや脅迫されたことがショックで、体調を崩してしまい、数日大学を休んだ。その間にインカレを紹介してくれた友達から連絡もなかった。

やっと大学に顔を出したら、友達は実家の都合とかで退学していた。スマホの番号も変わってしまったのか連絡がつかず、ＳＮＳからも消えていた。共通の友達に聞いても、急なことで誰にも会わずにいなくなったと教えられた。中野とも、友達がいなくなったせいで縁が切れてしまい、謝る機会がなかった。

あの時期に彼氏と別れたことも思い出し、苦いものが込み上げてくる。

政臣に抱かれたせいで顔を合わせにくくなった。浮気ではないかもしれないが、心はずっと政臣にあったのだから罪深い。茉莉からは連絡をとらず疎遠にしていたら、自然消滅していた。彼に別の恋人ができたと噂で知ったときは、ほっとしたものだ。

「実は、お姉さんのこと……あのあと、どうなったのか心配していたんだ。容態は今も変わらないの？」

「ええ、体に問題はなくて、いつ意識を取り戻してもいいはずなんですけど。目を覚まさないままなんです」

医師の診断では脳死状態でもないという。だが、このままの状態が続けばいずれは危ないと言われている。

「そっか、つらいね。家族はもう、宮下さんしかいないんだっけ？」

「そうですね。両親も祖父母も他界して、親戚付き合いもなかったんで、姉の世話をできるのは私だけです」

姉の友達で看護師の朋美がいるが、彼女は他人なので話さなかった。

「大学のとき、事故に不審な点があるから調べたいと言ってたね。ＭＲになったのはそれで？」

「あ……いえ、そんな気持ちも少しはありましたが、会社に迷惑がかかるから調べるなんてできません。ＭＲは仕事に慣れたら自由な時間も増えるし、お給料もいいので、姉の看病もしやすいかなって思ったからです」

病院関係者である彼に、姉の事故を調べているなんて言えなかった。中野が吹聴するとは思わないが、どこでどう尾鰭がついて会社に伝わるかわからない。

「じゃあ……お姉さんが言っていた渡したい物っていうのも、見つかってないんだね」

中野には、なぜ姉の事故を不審に思うのか大学の頃に話していた。

「姉の荷物も貸金庫も探したんですけど、なにもそれっぽい物は出てきませんでした。そもそも、どういう物かも知らないし……。先輩に相談する前に空き巣にあってるんですよね。そのときに盗まれたなら、もう手に入らないと思うんです」

「ああ、そういえば空き巣に入られてたね」

中野が食べ終わった弁当の容器をビニール袋にしまう。茉莉も食べ終わったゴミをまとめる。そろそろ面談の時間が近い。

「あ、そうだ。中野先輩、ここの精神科の先生っていつから働いているか知ってますか？」

さっき看護師に聞き忘れたことを、ふと思い出して口にする。

「精神科の先生？　ごめん、知らないな。僕、今年からここで働いてるからさ、まだ院内のこと詳しくないんだよね」

「そうでしたか……」

「なんかあったの？　気になるなら調べておこうか？」

親切にもそう口にしてくれた中野に、恐縮して首を振る。彼を巻き込んではいけない。

「いえ、なんでもないんです。今のは忘れてください」

「うん……でも、なにか困ったら声かけて。相談ぐらいはのるよ。そうだ。連絡先を交換しない？」

せっかくなので、中野の提案にうなずきスマホを出す。巻き込めないが、なにか聞くことはあるかもしれない。

「あ、時間なので。私、そろそろ行きますね」

ベンチを立って、頭を下げる。

「今日は、お昼ご一緒にできて嬉しかったです。こちらを訪問した際には、挨拶にうかがいます。では」

茉莉は営業用の笑顔を浮かべると、その場をあとにした。

本当は、中野に調べてほしいと頼みたいことはたくさんある。その欲求を振り切るように、病院へ向かう足を速めた。

直帰すると、玄関に明かりがついていた。スマホに政臣からの連絡がないのを確認し、眉をひそめた。

まさか泥棒だろうか。だが、電気を堂々とつけて迎えてくれる犯罪者もいないだろう。

困惑していると、内側から引き戸が開き政臣が立っていた。

「え……ちょっと、なんでいるの？　今日は連絡もらってないんだけど？」

「いいから入れ。話がある」

まさか、中野と接触したことや、浅見のことを看護師に聞いたのがバレたのだろうか。

腕を摑まれ、玄関に引きずり込まれる。顔がひきつった。

「あの……私、明日も仕事あるから……」

この間みたいなのは嫌だと言いかけたところで、玄関に積まれたダンボール箱にぎょっとした。

「なに、これ？」

「俺のマンションから、必要なものだけ運んできた。あとで客間に移動するから」

「どういうこと？　まさか、引っ越してきたとか言うんじゃないでしょうね！」

「そのまさかだ」

さらりと返ってきた答えに絶句する。

「とりあえず居間で話そう」

呆然とする茉莉を置いて、政臣はさっさと先に行ってしまった。靴を脱いで慌てて追いかける。

「さっきここに着いたばっかでさ、なんも用意してないんだけど、夕飯は食ったか？」

キッチンの戸を開いた政臣が、シャツの袖をまくる。ぐうっ、と茉莉のお腹が鳴った。

「素直な体だな。こないだ置いていった冷凍食品とかチルドとかあるから、適当になんか作るな。お前は着替えて、手伝え」

早くしろ、と追い立てるように廊下に戻され、階段を指さされる。茉莉の部屋は二階だ。置いていった冷凍食品とはどういうことか。そんなものがあるなんて知らない。そもそも冷蔵庫をのぞいていなかった。

抱かれた翌日は政臣が食事をすべて用意してくれたし、昨日は作り置きされていた大量の野菜スープをひたすら食べていただけだ。今朝はそのスープの残りと、政臣が買い置きしたらしい食パンを焼かずにかじった。

「あっ……今夜、なに食べるか考えてなかった」

家になにがあるかも知らず、手ぶらで帰宅した自分に呆《あき》れる。どうするつもりだったのだろう。やっぱり、まだ疲れがとれていない。

その疲れの半分ぐらいの原因にあたる政臣のもとに、レモンイエローのふわふわしたパイル地のパーカーとハーフパンツという部屋着に着替えてから向かった。キッチンをのぞくと、すでにいい匂いがしている。

土鍋で野菜と肉を煮ていた。鍋だろうか。

流し台に、鍋の素と冷凍の肉入りカット野菜のから袋が載っている。ぼんやり見ていたら、座卓に箸と汁椀を持っていくよう言われた。ついでに鍋敷きも並べて戻ると、政臣が生麺を冷蔵庫から取り出したところだった。

鍋の締め用のラーメンだ。鍋の過程をすっとばしている。今夜の夕飯は煮込みラーメンのようだ。

生麺はすぐに茹で上がり、火を止める。同時に、電子レンジが鳴った。

「冷凍餃子だ。取り出して、持っていってくれ」

コンビニで売っている、容器のまま電子レンジに入れられるタイプのものだ。

「えっと、お皿に……」

「洗い物増えるから、そのままでいいだろ。気になるタイプか？」

「政臣がいいならいいよ」

一応、皿に移し替えたほうがいいかと思ったが、政臣は面倒だからやめろと言う。ちょっと驚いたが、容器のまま座卓に並べた。政臣も鍋を持ってすぐにやってきた。

冷凍餃子に鍋の素にカット野菜。それらを使って料理し、洗い物が増えるからと冷凍餃子をそのまま並べろと言う政臣は、見た目やスペックだけでなく、現代において貴重な男性なのではないだろうか。

友達が、彼氏に冷凍の野菜をちょっと使ったらインスタントだとか、なにかの素を使うのは料理ではないとか、栄養バランスがどうとか言われたと愚痴っていた。もちろん相手の男は手伝いもしないらしい。きっと冷凍餃子を容器のまま食卓に出したら、激怒されるだろう。

政臣は研修医になって実家を出てからずっと一人暮らしだ。身の回りのことは一通りできるが、忙しいので余計な家事はしたくないのだろう。茉莉が居候したときはサプリメントばかり飲んでいたが、あれから無理しない範囲で生活を改善したようだ。

「はい、お前の」

茉莉のぶんを汁椀に取り分けてくれたりと、甲斐甲斐しい。

「ありがと。いただきます」

スープを一口すすり、麺を食べる。普通に美味しい。

既製品っぽい味がすると言えばそうなのかもしれないが、下手な手作り料理を出されるよりよっぽどいいし、冷凍野菜だろうが素を使っていようが、これも手料理だ。

なにより、茉莉より激務な政臣に手の込んだ料理を出されたほうが恐縮する。自分が政臣になにか出すときに、きちんとしなければというプレッシャーになるだろう。だが、これなら茉莉が料理するにも気負わないですむ。

「あっ、そういえば話って?」

「消化が悪くなるから、そういうのはあとな」

麺がのびるから食べるのが先だと政臣が言う。

話があるから上がれと言ったのに、着替えろと部屋に追いやられたり食事の用意を手伝わされたりと振り回されている。本当は話なんてするつもりはないのではないか。

そんなことを考えながら夕食を終えた。四人前はあった鍋の中身はからっぽだ。政臣がほとんど食べた。昔から健啖家だったが、仕事がハードなせいか、食べられるときによく食べないと体がもたないらしい。

「それで話なんだが……」

食事を作ってもらったお返しに茉莉がお茶をいれて出すと、やっと話を切り出した。

「しばらくここで、お前と一緒に生活することにした」

「なんで？」

顔をしかめて聞き返す。玄関のダンボールを見てだいたい予想はしていた。

「いろいろ考えて決めたんだ。駄目だと言ってもお前はうろちょろ動き回るし、その気がなくても巻き込まれそうだし、よりにもよって熊沢病院の担当になりやがった。俺は忙しくてそんなにマメに見張ってらんねえから、これはもう一緒に暮らして動向を見守るのが効率的だと判断した」

なにが効率的で、見守るだ。監視の間違いだろう。

「はっ？　嫌なんだけど」

不機嫌もあらわに即答するが、政臣はそれを無視して涼しい顔で続けた。

「この間、ネットで頑丈な鎖と首輪を買ったんだ。うちのマンションの寝室にあるベッドに繋いで、トイレとバスルームにはいけるぐらいの長さがある鎖だ。玄関には届かない」

唐突に、なにを言い出すのだ。背筋が寒くなった。

「ど、どういう意味……」

「同棲を拒むなら、うちのマンションに監禁する。仕事にも行かせない。本気だ」

目が暗くすわっている。冗談で言っているのではない。

金曜の夜に抱かれたときに言われたことを思い出す。あの時点で、もうこうすると考えていたのかもしれない。

「……監禁なんて犯罪だから。あんた医者でしょ。そんなことしたら医師免許剝奪されるんだから」

「そうだとしても、皐月の処遇があるからお前は訴えないだろ」

ぐっ、と言葉につまる。

政臣が茉莉のせいで医者を辞めることになったら、姉は黒木総合病院にいられないだろう。意識不明なだけで他に問題のない患者の転院は難しく、朋美を自力で雇う経済力もない。自宅介護になったら茉莉は仕事を辞めなければならない。

今の、脅されて始まった体の関係だって訴えられないのだから、茉莉の抵抗は無意味だ。

「安心しろ。もし監禁することになっても、ちゃんと面倒見る。食事もストックするし、俺が動けない場合は朋美さんを世話役に派遣する」

「待って、朋美さんがそんなこと……」

「彼女は柔軟だからな。理由を話せば協力してくれる」

柔軟というレベルではない。ともかく朋美は、茉莉の味方にはならないとわかった。

「これでも俺は、かなり妥協してるんだぞ。本当なら、問答無用で監禁したいのを、一緒に暮らそうと言っているんだ」

なにが妥協なのか。言っていることがめちゃくちゃだが、監禁に比べたら同棲はかなりマシだ。いや、こうやって無理難題をふっかけて、要求を通そうという魂胆なのかもしれない。

だが、同棲を拒めば本気で監禁しそうな覚悟が政臣にはある。こちらを真剣に見据えてくる目が怖い。

「で、この家で同棲するのと、俺のマンションに監禁されるのどっちがいい？」

そんなの一択しかなかった。

「……同棲でお願いします」

＊

仕事の呼び出しだと茉莉に言って家を出てきた政臣は、病院の駐車場にいた。車の中で、さっき調査会社の男からもらった封筒を開く。

「ああ、やっとか……」

報告書には、茉莉が配属された営業所で事務をしている女性の名前がある。

佐々木《ささき》優《ゆう》。皐月があの営業所に在籍していた頃から働いていた。彼女のことを事故後から定期的に調べている。

政臣はスマホを立ち上げ、今まで使ったことも興味もなかったフリマアプリのインストールを始めた。その間、報告書に目を通す。

『なんかさ……会社の先輩が変なんだよね。もしかしたらヤバいかもしれない』

皐月がふとした拍子にそうこぼしたのは、事故が起きる少し前だった。どういうことか聞き返したが、まだはっきりしてないからと詳細は教えてくれなかった。政臣もそのときは、大したことではないのだろうと流した。

けれど事故が起き、皐月のロッカーから向精神薬が出てきて不審に感じた。薬に頼るほどの悩みを抱えているようにも、追いつめられているようにも見えなかったからだ。朋美も同じように不審がっていた。

それでも、宮下家に空き巣が入るまであまり危機感はなかった。警察がしっかり調べてくれないことに苛立ってはいたが、ただの事故かもしれないと思っていたからだ。

空き巣は金を盗んだ以外に、姉妹が共用していたノートパソコンにログインしていた。ノートパソコンはあまり使用されておらず、大したデータはない。二人ともネットはもっぱらスマートフォンかタブレットで利用していたし、常に持ち歩いていたので盗まれなかった。事故後、皐月の荷物を政臣が病院のロッカーに保管していたのも功を奏した。

なぜノートパソコンは盗まれなかったのかと訝しんだら、最近はすぐに初期化しないと位置情報を追えたりするから、慎重な犯人だったのだろうと警察は言った。ログインしたのも初期化しようとしたのかもしれないが、時間がなくてやめたのではないかと。

その場では警察の見解に納得したが、不審な点があとから出てきた。

荒らされた家を、茉莉と一緒に片づけていたときだ。まとめて抽斗に入れられていた手紙類が一通ずつ開封され中身を確認したような形跡があったり、ノートパソコン内とクラウドに保存されていた画像データがすべて消去されていたのにも気づいた。

なにかを探していたというよりも、削除したいなにかがあった。確認する手間を省くために、画像データは一括削除されたのではないだろうか。パソコンを初期化してしまわなかったのは、クラウドデータにアクセスしたかったからかもしれない。

後日、警察に連絡したが、変わった空き巣だが考えすぎだろうと取り合ってくれなかった。近所で空き巣が頻発していたので、そのうちの一件に手間をかける気になれなかったのかもしれない。

茉莉が確認したところ、空き巣が盗んでいったのは政臣が当座の生活費にと置いていった封筒だけだった。中には十万ほど入っていた。それ以外、目立ったものはなくなっていなかったそうだ。

だが、あるものがなくなっているのに政臣は気づいていた。皐月が事故にあったときの荷物にも車にもなかった。会社のロッカーになかったのも、茉莉を通して確認済みだ。

それは空き巣が探していたものとは違う。政臣が個人的に手に入れたいものだった。

「まさか、今さら見つかるとはな」

報告書を助手席に置き、インストールの終わったフリマアプリに自分の情報を登録していく。それから報告書にあった佐々木のアカウントを検索した。

出品数は三十件ほど。並んでいるのは生活雑貨や衣類など。その中に、ジャンク品の古い携帯電話が出品されている。スカイブルーの折りたたみ携帯電話だ。

「懐かしいな」

スマートフォンが普及する前の、政臣が高校生の頃に流行った機種だった。

上げられている商品写真は五枚。順番に見ていきながらスクリーンショットを撮る。三枚目で手を止めた。

「やっぱり……皐月の携帯だ」

携帯電話の裏蓋に、斜めに走る大きな傷がある。昔、政臣が皐月にぶつかって携帯電話だけが駅の階段から落ちてできた傷だ。まだ新品で、ねちねちと嫌味を言われたのでよく憶えている。

画面をスクロールして商品説明を見ると、きちんとＩＭＥＩが記載されている。携帯電話やスマホなどに付与される識別番号。シリアルナンバーみたいなものだ。

五枚目の商品画像にも、裏蓋を外してＩＭＥＩを撮影したものがある。これと商品説明もスクショ撮影した。

このＩＭＥＩで、盗難品や代金の支払いを滞納している端末でないかどうかを確認できる。利用制限されていなければ、安心して購入できる商品ということになる。

「慣れてるな。他にも端末を出品したことがあるんだろうな」

妙に感心してつぶやく。

スマートフォンや携帯電話をオークションやフリマアプリに出品する際、ＩＭＥＩを記載することが義務づけられている。ただ記載しなくても出品はできてしまうので、なにも書いてない商品も多い。

恐らく出品者の佐々木は、ＩＭＥＩを照会して問題ないものを今まで出品してきたのだろう。皐月の携帯電話も、利用せずに端末を保存していただけだ。

佐々木には盗癖がある。

空き巣後、警察は頼りにならないので個人的に調査会社に依頼して、事故が起こる前に皐月の身辺でなにか不審なことはなかったか調べてもらった。

そこでわかったのが、営業所で頻発した物の紛失だ。なくなったのは雑貨類など些細なもので、みんなうっかりなくしたのかと気にとめていなかった。けれど、あまりに紛失が続いたので、盗難なのではないかと少しだけ噂になった。結局、いつの間にか紛失がなくなり、消えたものが出てきたりしたので、気のせいだったかと噂は収束した。

政臣はこの一件が気になり、営業所に在籍する人間すべての素行調査を依頼したところ、佐々木が過去に盗癖でトラブルを起こしていたことが判明した。ついでに、茂木の動向の怪しさや女癖の悪さ、借金も目に付いた。二人が社外で会っていて、佐々木が弱みを握られているらしいことも判明した。

それからは、茂木と佐々木に絞って定期的に調査を続けてもらった。

「茂木がクビになってあせったか？　まあ、捨てないでおいてくれてよかった」

佐々木は以前から、複数のフリマアプリやオークションで、名前やアカウントを変えて登録し続けている。出品しているのは雑貨類などで高価なものはなく、盗品だとしても足がつかないものばかりだ。

携帯電話も、もう契約が切れているなら大丈夫だと思ったのかもしれない。もとの持ち主も、いまだ意識不明だ。

それと茂木の悪事が露見し自主退社したことで、皐月のものを持っているのが怖くなったのかもしれない。やはり佐々木もあの事故に関わっていたのだろう。

政臣はスマートフォンのギャラリーを開き、目的の写真をタップする。出品されていた携帯電話と同じＩＭＥＩが記載された、古い携帯電話の空箱が表示された。

「皐月の携帯で間違いない……」

画面を見つめる視線は鋭いまま、ふっ、と口元に笑みが浮かぶ。

きちんとした茉莉と違って、皐月ががさつな性分でよかった。ゴミをゴミ箱に捨てられない人間性が、こんな場面で役に立つとは思わなかった。

空き巣後の片付けを手伝っているときに、皐月の部屋でこの携帯電話の空箱を偶然見つけた。箱ではなく本体に用があった政臣は、中に携帯電話があるのではないかと開けて落胆した。

だが、本体を探すときにＩＭＥＩが必要になるかもしれないと写真を撮り、空箱は皐月の机の抽斗に戻しておいた。

　そのあと調査会社から佐々木の盗癖の報告がきて、いろいろなことが政臣の中で繋がった。

　盗癖のある佐々木は、他人のロッカーの中も漁っていたはずだ。ロッカーの鍵は、やはり盗むなりして使用後もとに戻していたのだろう。それを知った茂木が、佐々木を使って皐月のロッカーに薬と診察券を置いたのではないだろうか。盗めるなら、その逆のことも容易い。

　保険証を拝借して、精神科の通院記録を作ることもできるだろう。皐月はずぼらで、財布の入った鞄を机に置いたままカフェで席を外したりする。保険証も財布の中だ。注意したが、日本は平和だからと聞き流された。知り合いばかりの会社なら、さらに無防備なはずだ。

　この携帯電話は、佐々木がそのときついでに盗んだのだろう。皐月は携帯電話を政臣から隠すために、営業所のロッカーに保存していたに違いない。

　事故の前日、茉莉は皐月から大切な話と渡したいものがあると告げられた。なんの話なのか、政臣は知っている。渡したいものというのは、この携帯電話の中に記録されているデータだ。とても個人的なデータで、空き巣が狙っていただろうものとは無関係である。

　この事故前日の姉妹のやりとりを、空き巣の犯人はどこかで聞いたのだろう。犯人のほしいものを、皐月が妹に渡そうとしていたと勘違いしたのではないだろうか。そこで空き巣に入ったが、なにも見つからなかった。

ならば次は、茉莉から直接話を聞き出すなり脅すなりして、そのものを手に入れればいいと考えた。本人がなにも知らないなら、脅迫する材料を作る気だったのではないか。

それがあのハロウィンパーティーだったと、政臣は踏んでいる。

茉莉の話を聞くだけで、怪しいインカレだなと思った。なにか隠している様子だったし、口を割らせてみれば嫌な予感は的中していた。あのとき本能的な勘で引き留めて正解だった。

けれど引き留めた手段は最悪としか言いようがない。政臣の本意ではなかったという言い訳と証拠は、あのとき誤って飲んでしまったサプリメントとともに消えた。

あのサプリメントを茉莉に渡したという友達は、犯人側の人間だろう。それから、場のセッティングに一役買った大学の先輩だという中野健二。紹介予定だった関係者というのは、茂木だと思って間違いない。

「よりにもよって……その中野まで熊沢病院にいるなんてな。だからMRなんて辞めさせたかったんだよ」

茉莉の引きのよさというか、悪運に頭が痛くなってくる。

「とりあえず、これは購入しておくか」

出品画面やプロフィールのスクリーンショットを撮った政臣は、購入をタップした。あとは携帯電話が無事に届くのを待つだけだ。

中身のデータは初期化されているだろう。政臣が求めるデータも消去されているかもしれないし、皐月が入れていたマイクロSDメモリに保存されていて無事かもしれない。

だが、データの有無はどちらでもいい。政臣としては消えていたほうがいいぐらいだ。

「クラウド保存されてたら、厄介なんだよなぁ……」

ネット流出を危惧してクラウド保存はしていないと、皐月は言っていた。シスコン気味な彼女は、妹が見世物になるのは望まないので、そのへんは信じてよさそうだ。

それよりも、これで茂木と佐々木、皐月のロッカーに置かれた薬。すべてが繋がる証拠が手に入る。ここから空き巣の件や皐月の事故まで繋げることができれば、犯人を警察に突き出せるかもしれない。この三年間、心配し続けた茉莉の身の安全も確保される。

「そうなったら、この関係も終わらせないとな……」

口をついて出た言葉は弱々しく車内に響いて消えた。

家を出てくるときの茉莉のげっそりした顔を思い出す。よっぽど一緒に暮らすのが嫌なのだろう。当然だし、悪いのは政臣だとわかっていても、やっぱり傷ついた。

あの夜から、茉莉に笑いかけられたことがない。政臣の前以外では笑っているのを知っている。頼ってくることもなくなった。

いつもイライラして、こちらを警戒してしかめっ面だ。話してはくれるが、目はほとんど合わせてくれない。むやみに触れようとすると手を叩き落とされるか、すごい勢いで避けられるのは、もう当たり前になっている。

茉莉から政臣に触れたり、目を合わせてくれるのは抱いている間だけだ。笑ってはくれないが、そのときだけはすがりついて政臣を欲しがる。政臣にしか見せない表情をいくつも見せてくれる。

だから嫌がられても抱いてしまう。乱れる姿が愛しくて、いけないと思うのにしつこく愛撫して泣かせては、また抱き潰す。これが最後かもしれないと思うと手放しがたく、隅々まで味わって貪っておかないと、と気が急くのだ。

茉莉からしたら迷惑でしかない。好きでもない男に脅されて関係を強要されるなんて、気持ち悪くてたまらないだろう。

可哀想に……そう思うのに衝動を抑えられない。まるで麻薬のようだ。

だが、このどうしようもない欲望も、すべてに片がついたら握り潰す予定だ。そのための材料も用意してある。

政臣にとって茉莉との同棲は、その死刑宣告までのご褒美みたいなものだ。茉莉からしたら地獄だろうが。

スマートフォンの通知音が鳴った。佐々木からの取り引き連絡だった。

政臣は返信しながら、いっそこの携帯電話が届かなければいいのにと願っていた。

7

「なっ、なに……？」

朝起きて階段を降りてきたところで、洗面所から出てきた政臣と鉢合わせた。唐突に腕を掴まれ顔をのぞき込まれる。

洗顔したばかりなのか、前髪が少し濡れていて艶っぽい。寝起きでも嫌みなくらい整った顔が近づいてきて、どぎまぎした。キスできる距離だが、それ以上は近づかずに目をじっと見つめられる。

なんなのだろう。真剣な眼差しは、今にも告白でも始めそうで頬が火照ってくる。

あり得ない妄想に気持ちが惑うくらい、政臣の端正な顔は寝起きには毒だった。

だが、ぼそりとこぼれた言葉に妄想も惑いも吹き飛ぶ。

「……結膜炎」

「え……け、結膜炎？」

「ひどいな。目が真っ赤だ」

政臣の眉間にぐっと皺が寄る。

「夜遅くまで試験勉強してたのか？　ほどほどにしろよ。ああ、目をこするな」

　思わず目元にやった手を押さえられる。

「汚い手で触るなよ。今日、最初の訪問予定ってうちの病院だったよな。優先的に看てもらえるよう話を通しておくから、面談前に眼科に寄れ」

「そっか……結膜炎だったのか」

　これだから医者は、と茉莉は腹の中で毒づく。見つめられてドキドキしていた自分が馬鹿みたいだ。

　摑まれていた手を振り払い、政臣から顔をそらす。

「茉莉？」

「顔、近すぎる。朝から見たくない」

　ぞんざいに言い捨て、距離が近くなっていた体も押しやる。手のひら越しに、政臣の体がこわばったのがわかった。

「……悪かったな。嫌な思いさせて」

　拗ねた声が返ってきて、思わず見上げる。しょげた顔もイケメンすぎて本当に困る。爽やかな朝日が差し込む窓辺で見るものではない。なぜか自嘲する姿まで様になっている。

「お前にとって俺は、よっぽど不快なんだろうな」

　別に不快ではない。こっちは、その逆で困っているのだ。

　自分がどれだけ恵まれた容姿か自覚があるはずなのに、それがどういう影響を及ぼすか政臣はわかっていない。

「政臣って、眼科医にだけは絶対ならないほうがいいよ」

あの顔で目をのぞき込まれたらたまったものではない。詐病を使って診察しにくる女性が列をなすだろう。

「どういう意味だそれ？　馬鹿にしてんのか？」

「うるさい！　朝は忙しいんだから、言い合ってる暇ないの！　そこどいて！」

誘惑を断ち切るように、政臣から思いっきり目をそらし、その体を押しのけて洗面所に駆け込む。こうでもしないと、いつまでも政臣と話していたくなる。

物言いたげに見つめる政臣を無視して、出勤の用意を始める。しばらくすると気配は消え、キッチンでレンジの音が聞こえた。

洗顔し、メイクの下地だけ作る。残りは、朝食を食べ終わってからだ。下地が馴染んでから仕上げるのが茉莉のやり方だった。

キッチンへ行くと、パンケーキが電子レンジから出てきた。朝食は、メイクをする必要のない政臣が用意してくれることが多い。

一皿に二枚ずつ盛られたパンケーキは業務用の冷凍食品で、一見すると焼きたてにしかみえない。政臣は冷蔵庫からホイップクリームのスプレー缶を取り出す。よく振ってボタンを押すと、ノズルからフリルになったクリームが整髪料のムースみたいに出てくる。そこにチョコレートソースをかけ、適当にカットしたバナナと苺《いちご》を添える。政臣は、それを二皿作った。

　ホイップクリームのスプレー缶は長期保存がきくから便利だと政臣に教えられたのだが、どうしてそんな知識があるのか。スプレー缶の存在も知らなかった茉莉は首を傾げた。政臣が意外と甘いものが好きだと知ったのは、それからすぐだった。おかげで、カフェみたいな朝食にありつける。手間もほとんどない。

「ほら、運べ」

　渡されたパンケーキの皿とフォークを持って居間に行くと、紅茶の入ったポットとマグカップを持って政臣がやってきた。こぽこぽとそそがれる紅茶を見ながら、忙しい平日の朝なのに贅沢《ぜいたく》だなとぼんやり思った。

　政臣との生活は思った以上に快適だった。

　まず家事が楽になった。政臣が手伝ってくれるというか、率先して動くのだ。しかも、余計な家事をなくす方向で環境を整えてしまった。

　家事は分担する前に、まずは減らすものだと宣言された。

　居間の隅に、充電中のロボット掃除器がある。政臣が持ってきたもので、毎日決まった時間に一階の掃除を始めるように設定されている。その隣には、やはり政臣が持ち込んだ乾拭きと水拭き専用のロボット掃除器も充電されている。こっちは週に一度ぐらいの頻度で、縁側とキッチンのフローリングを拭いてくれる。

　最初は、たいして広くもないうちに必要なんだろうかと思ったが、使ってみると便利すぎた。床にものを放置しない茉莉とも相性がよかった。今まで掃除機をかけていた時間を、他の家事に使えるのだ。

なぜもっと早く使わなかったのか。もう手放せない存在になっていた。

洗濯は姉が就職したときに乾燥機付きの洗濯機にしたので、だいぶ楽になっていた。これ以上、手を抜くこともないだろうと思っていたら、政臣と暮らすようになってワイシャツはすべてクリーニングに出すようになった。それまでは、自宅で洗って皺になっているところにろだけアイロンをかけていた。

だが政臣に、アイロンをかける手間を考えたら、クリーニングに出したほうがコストパフォーマンスがいい。洗濯とアイロンにかかる時間と、クリーニング代金と、茉莉の月給を時給換算して考えてみろと諭された。

『プロがクリーニングしたワイシャツ着たほうが見栄えがいい。特にMRは営業職で、これからもその仕事を続けていくつもりなら、身なりに手を抜くな。浮いた時間で体を休めたり勉強したほうがいいだろ』

とまで言われたら、うなずくしかない。

料理に関してもこの調子で、冷凍庫は冷凍食品や冷凍野菜で満杯になった。冷凍のものに抵抗のあった茉莉だが、久々に食べて驚いた。昔食べたものと味も質もぜんぜん違い美味しい。進化している。

政臣が言うには、冷凍野菜は旬の時季に冷凍しているから栄養価は高いし、価格も安定していて優秀だそうだ。

だからといって、なにもかも冷凍のものでまかなっているわけではない。冷蔵室には魚と肉。野菜室には日持ちするタイプの野菜がちゃんとある。これらと冷凍のものを使って、政臣は手間をかけずに料理していくのだ。

茉莉も料理をするが、勧められて冷凍のものを使ったらとても楽だった。これまでは、なんでも手作りするものと思っていたせいで、仕事のあとに料理をするのが嫌だった。もともと料理は好きだったのに、負担になっていた。

メインや副菜を、冷凍やチルドまたは総菜でまかなってしまえば、後はご飯を炊き汁物を作るぐらいだ。一品でも手作りすると罪悪感もなく、負担も減って気持ちに余裕ができた。余裕ができると、そのあとの片付けも苦ではなくなった。

政臣は、作るのが面倒な日は汁物だってインスタントや冷凍でいいんだと言って、豚汁の具が冷凍になった商品を出してきた。これを沸騰したお湯に入れて戻し、液体味噌を入れれば数分で具だくさんの豚汁が数人分できる。ご飯もパックのときがある。

他の家事もこんな調子で徹底的に減らされていった。

祖父母との生活の影響で、丁寧な暮らしを長くしていた茉莉にとって、政臣との同棲はいろいろと衝撃的だった。

『忙しく働いてるのに手間かけてストレス溜め込むような生活すんなよ。手を抜くのも、お金で人や物に頼るのも、誰にも迷惑かけてないだろ。気兼ねなく楽しようぜ』

なんて、労るような笑顔つきで言われて泣きそうになった。

働く前はこれで生活が回っていたせいで、同じようにできないことが恥ずかしいと、自分で自分を追いつめていた。そんな価値観でがちがちになっていた茉莉を、政臣はあっという間に柔らかくしてしまった。

ただ少しだけ残念でもある。姉に勝てるのは家庭的なところぐらいしかなかったのに、政臣は女性にそういう面は求めていない。

政臣の両親は医者でどちらも忙しく、今も現役で働いている。母親が家事をしないのは当たり前の家庭で、夫婦仲も家族仲もよい。その環境で育った彼なので、女性が家庭的なことを礼賛したりもしない。

大人でも子供でも、自分でできることは自分でするものだ。楽できるところは楽をして、自分のために時間を使えと言う。

嬉しいのに、茉莉の長所は政臣の心を射止めるのには役に立たないとわかってしまってつらかった。

最初から、勝ち目なんてなかったのだ。わかっていたのに、姉より自分を見てくれないかな、なんておこがましい夢を見た。

「ごちそうさま」

朝から余計なことを考えて落ち込んでしまった。先に食べ終わった政臣は隣の客間ででかける用意をしている。茉莉も皿を食洗機に入れると、溜め息をついて出社準備を始めた。

政臣との生活で変わったのは、家事だけではない。セックスもだ。

洗面所で仕上げのメイクをしながら、目に飛び込んできた赤い痕に昨夜の行為を思い出して体温が上がる。嚙み痕も残るそこは鎖骨の上で、服を着てしまえば見えない。他にもついていたらと、合わせ鏡で首の後ろを慌てて確認した。

昨夜、政臣は遅くに帰ってきた。試験勉強に疲れてベッドで微睡んでいた茉莉は、階段のきしむ音でふっと目が覚めた。

『茉莉……抱きたい』

そんな熱を帯びた声とともに、圧しかかられていた。まだ寝ぼけ眼の茉莉は意識のはっきりしないうちに脱がされ、体をまさぐられた。夢うつつで、現実との区別なんてついていなかった。それぐらい穏やかな愛撫だったのだ。

優しさがゆっくりと濃厚になっていき、夢ではないとわかってきた頃、奥深くを政臣のモノで犯された。蜂蜜漬けにされたみたいに体は甘くとろとろになっていて、もう逃げられなかった。

緩慢な抽挿にじらされ、泣いて乱れた。以前の強引な抱き方とは違う、甘ったるい行為は恋人なのかと錯覚しそうになる。性欲を処理したいだけなら、もっと乱暴にしてほしい。でないと勘違いしてつらくなる。

一緒に暮らすようになってからの抱き方は、いつも甘くて甘くて嫌になる。

前は、抱かれたら翌朝は確実に起き上がれなかった。学校や仕事なんていけなくなるので、平日は絶対に嫌だと拒否していた。

それが、一晩に何回も長い時間抱かれるということがなくなった。会おうと思えば、毎日でも顔を合わせられるので、政臣がガツガツしなくなったようだ。

でも、いつか捨てるのなら、こんな抱き方はしてほしくない。溺れて戻ってこれなくなる。

そうやって溶け合うように抱かれ、昨晩も終わってすぐに茉莉は意識を失った。体がさっぱりしているので、政臣が綺麗にしてくれたのだろう。こういうマメなところも困る。どんどん離れられなくなっていく。

「ああ、もう……痕がなくてよかった」

ほっとして、メイクの続きを再開する。まだチークをはいてないのに、頬が紅潮してしまった。

それにしても、がっついて抱くほど茉莉の体はいいものではないと思うのだがと、メイクを終えて二階の自室でパジャマを脱いで姿見を振り返る。

普通の体型だ。特に胸が大きいわけでも小さいわけでもない。平均的な乳房の大きさに、標準より少し痩せ気味な体。女性らしい肉感的な魅力があるわけでも、スレンダーでモデルみたいな美しさがあるわけでもない。

「抱いてて、なにが楽しいんだろ？」

脅されて始まった関係なので、恋愛とか結婚とか迫らない性欲処理の相手としてはいい

のだろう。忙しい政臣は家事と同じで、できるだけ面倒ごとを減らしたがっている。きっとセックスも同じなのだ。

それと、恋人の妹だからかもしれない。

姉の皐月と茉莉は似ていない。だが、まったく似ていないわけでもなく、目元とか鼻の形とか、ところどころ面影が重なる。

そういうところに惹かれて、政臣は茉莉を抱いているのかもしれない。

たまに寂しそうな目で茉莉を見つめ、すがりつくように抱かれる。意識を取り戻さない恋人にじれて、不安を溜め込んでいる。その焦燥を紛らわせるのに、茉莉が必要なのだ。

「やっぱり身代わりだよね……」

政臣に確認したことは一度もないがそうだろう。聞くのは怖い。

激しく求められなくなったのも、体は楽だけれど不安になる。もう飽きてきたのかなとか。

ジャケットをはおり、バナナクリップで長い髪をくるりとまとめる。不安を打ち消すように、鏡の中の自分に笑いかけてから部屋を出た。

＊

「あれ？　シャンプー変わった……っていうか、女の匂い！」

「ちょっ、やめてください。セクハラです」

断りもなくソファの隣に腰掛けてきて、人の髪の匂いを嗅ぐなんていやらしいことをしてきた男を、政臣は肘でぐいっと押しのける。相手は二歳年上だが同期の専攻医。消化器内科の野本葵《のもとあおい》だ。

手には食堂のトレイがある。栄養士がメニューを決めていて、バランスがよくボリュームもちょうどいい人気の定食だ。

「食べてくればいいのに、テイクアウトしてきたんですか？」

「だって、こっちのほうが落ち着いて食べられるからさ」

昼時を少しすぎた時間。外来の患者や見舞い客も利用できる食堂はそんなに混んではいない。だが、医者だということで声をかけられ、落ち着いて食事ができないこともある。

政臣もよくここ、専攻医室の休憩所で食事をしていた。今は、食事後に資料を読んでいたところで、あと十五分ほどで昼休憩は終わる。

「でさ、なにこの女の子みたいな香り？　彼女できた？」

「だから、それセクハラですから。それに前のシャンプーの匂い、なんで知ってるんですか？」

「こないだここでうたた寝してただろ。そんときに嗅いだ」

「やめてくれませんか、そういうの」

野本は気さくで、誰にでもわけへだてない。そのぶん無遠慮だが、憎めないキャラでもあった。

「いやー、嗅ぐつもりはなかったんだよ。たださぁ、よく整った顔だなって思ってのぞきこんだら匂った。ほら、じっくり見たくなる顔の造りじゃん」

「はあ、そうですか。次からやらないでくださいね」

「なにそれ、反応薄い。さすが誉められ慣れてる人は違うね」

嫌みでなく軽い調子で言うと、野本は食事を始めた。

「それで、彼女は？」

「結局そこに戻るんですね……いませんよ」

シャンプーの香りは、茉莉のものを借りているせいだ。必要な身の回り品は持っていったが、細々したものはない。こだわりもないので、茉莉が許したものは貸してもらっていた。

「彼女じゃないのか。じゃあ、遊び？」

「しつこい」

「だって、気になるじゃん」

自分のデスクに戻ろうかと思ったが、トレイを持って追いかけてきそうなのであきらめる。昼休憩の残りも少ないし、まあいいかとソファに腰を落ち着け資料に視線を戻した。

「無視するの？　俺、先輩なのに。さすが跡取り様は違いますね」

「先輩って、年が上なだけで同期でしょう。それに跡を継ぐかどうかはわかりません」

「えっ、そうなの？　でも、ここで専攻医してるじゃん。政臣先生なら他の病院でも歓迎されるのに」

　わざわざ親の経営する病院で専攻医をするのは、後継する気か、親に望まれたからだと周囲は思う。現に、専攻医が終了したらそのまま医師として採用されるのだろうとか、院長は息子に甘いとか陰で言われている。

　皐月の事故がなければ、親の病院で専攻医をやる予定はなかった。両親も周りが気を使うからと、若いうちは他病院で働くことを勧めていた。

　両親とも同じ病院にいるので名前の問題もある。理事長と院長を兼任している父は「黒木院長」呼びで、母は「黒木先生」だ。黒木だと区別がつかなくなるし、院長の息子だと意識してしまうと言われ、政臣は名前呼びになってしまった。こうなるから、親の病院で働きたくなかったのだ。

「いろいろ事情があってここにいるだけなんで。これから先はどうなるかわかりません」

　興味津々な視線を無視して曖昧に返答する。

　ここで専攻医をするのは皐月と茉莉を守るためだ。黒木総合病院と宮下家は距離が近い。皐月も同じ病院内にいれば、なにかあったらすぐに駆けつけられる。

　事故について不審な点があることと、茉莉が狙われたらしいことは、両親に話してある。昏睡《こんすい》状態の皐月が狙われる危険もあると。その結果、彼女の身柄について政臣が責任を持って面倒をみることになった。他人に任せられる事情ではないし、忙しい両親にも頼めない。

「事情ねえ……最初さあ、院長の息子さんが同期にいるって聞いて、どんな不出来なお坊ちゃんなのかと思ったんだよね」

働き始めのころ、他では不採用になるような問題児か、医者としてよっぽど使えない息子だから親の病院で専攻医に採用したのではと噂になったのだ。

「しかも顔までいいじゃん。これは噂通りなのかもって」

「顔がいいと噂通りって、ひどい偏見ですよね」

「だってムカつくでしょ。病院の跡取りで、当然金持ちで顔もいいって。しかも医学部現役合格の現役卒業だなんて、もう裏口に違いない。医者として使えないんだって思わなきゃ、俺が報われないし生きていけない」

昼食の載ったローテーブルを拳でだんっと叩く野本を、冷たく一瞥《いちべつ》した。彼は一浪で一年留年している。

「じゃあ、報われなかったようなので死んでください」

「ひどっ！　自分のほうが人間として上だからって生意気！　顔もいいし！」

この人、そろそろ黙らないかなと考えながら壁の時計を見る。まだ残りの休憩が十分以上ある。ぎりぎりまでしっかり休みたいので、この場を去るという選択肢はない。

他の専攻医がいない時間でよかった。

「世の中、不公平だよね。絶対に駄目息子なんだって思ってたのに、働き出したら評判いいし。礼儀正しくて、手技も丁寧で早くて上手だって聞くしさ。話してみたらクールだけど、ちゃんと返してくれるし面倒見いいよね。イケメンだし」

「語尾に顔のこともってくるのやめましょう」

「ボケにちゃんと突っ込んでくれるの親切だよね。大好き。それでさ、恋人いないのに最近、女性の影がちらちらしてんのなんで？」

流れるようにまた話を戻したな、と野本を横目で睨む。にこにこと笑みを返される。

「雰囲気が柔らかくなったよね。前はもっとぴりぴりしたとこあったのに。彼女の影響？」

それはあるかもしれない。以前は、すぐに連絡がつかないと無事かどうか気になって仕方なかった。

今は毎日、茉莉の無事を確認できる。起きているときに会えなくても、一緒に暮らしているので寝ている姿を見られるだけで安心する。

政臣の研修先である大学病院に、皐月が救急搬送されてきたときの恐怖は今でも忘れられない。膝の震えが止まらなくて、医者としてできることがなにもなくて悔しかった。目を覚まさない彼女を前に感じるやり場のない焦燥に、今も胸が苦しい。

茉莉が狙われてからは、皐月と同じようになってしまったら、いや、もっと悪い事態になったらと不安におののくようになった。皐月も大事な人だが、それ以上に茉莉はかけがえのない大切な女性だ。

昨晩も寝顔を見にいった。よく寝ている茉莉は知らないだろうが、帰りが遅くなると政臣は必ずそうしている。起こさないようにそっと部屋に入って、呼吸や脈を確認し生きているか確かめてほっとする。

　それから自室にしている客間に戻るのだが、昨日はそれができなかった。夢うつつだった茉莉がうっすら瞼を開き、政臣を見て微笑んだ。もう向けてくれないと思っていた笑顔に、くらりときて欲情していた。

　いけないと思うのに衝動を抑えられず、抱いた。愛しくて愛しくて、たまらなかった。寝ているところを襲われるなんて、茉莉からしたら迷惑で嫌だっただろう。けれど半寝ぼけの茉莉は可愛らしくて、なにをされているのか、相手が誰なのかわかっていないのか、政臣に甘えるような仕草を見せた。恋人同士のような睦言にあおられた。一回で終われたのは、自制心の賜物だ。

　なるべく優しくしたつもりだが、体は大丈夫だろうか。仕事中に具合が悪くなっていないといい。結膜炎になったのは、政臣のせいかもしれない。少し心配だ。

　茉莉の淫らな可愛らしさを回想している間も、野本の口は止まらない。

「あと仮眠室に泊まらないで、ちゃんと帰宅するようになったしさ。たまに徒歩で病院にきてるよね」

　大学生の頃から住んでいるマンションは、初期研修をした大学病院に近い場所にある。そこから引っ越すのが面倒で、ここには車通勤をしていた。宮下家は病院から少し遠いが、徒歩でこられる距離にある。

見られていたのかと苦々しい気持ちになるが、顔には出さないでいたら爆弾を落とされた。

「それと、あのMRの子と同じシャンプーの匂いじゃん」

「なっ……嗅いだのか？」

思わず腰を浮かせて声を荒げてしまい、しまったと口元を押さえる。野本が唇をにやりとさせた。

「嗅ぐわけないじゃん。さすがに俺でもそれはできないよ」

野本は軽いが非常識ではない。少し考えればわかることなのに、墓穴を掘った。

「彼女の家ってこのへんなの？　やっぱり付き合ってるの？」

たたみかけてくる野本から顔をそらす。こういうときほど時間が進むのが遅い。さっさと休憩を切り上げようかと思ったが、野本はいつの間にか食べ終わっていた。あれだけ話していながら早食いすぎる。追いかけてきて、部屋の外でこんな話をされても困るので動けなかった。

「えっと……宮下さんだっけ。噂だと彼女って黒木家の身内なんだって聞いたけどほんと？　政臣先生と彼女が会話してるとこ偶然見かけたけど親戚って感じしなかったから、それってやっぱ婚約者とかそういう身内？」

どこで見られたのだろう。初めてここで鉢合わせしたときはあせっていて、人目もはばからず茉莉に声をかけたが、MRとして通ってくるようになってからは気をつけていた。

変な噂になったら、自分より茉莉が可哀想だからだ。

身内云々《うんぬん》の噂は、父が彼女を担当ＭＲにと推したとき周囲へ適当についた嘘だ。皐月が入院しているので、彼女もここの担当になれたら都合がいいだろうと父が気を利かせた。父は政臣の気持ちを知っている。

バレて当然だ。宮下姉妹への過剰なかまい方を見ていれば。

「ねえねえ結婚式はいつ？」

「……彼女はそういうんじゃないので」

頭が痛い。額を押さえてうつむく。野本がこんなにしつこいとは思わなかった。

「じゃあ、どういう付き合い？　まさか体だけとか……」

「あの、どうしてそんなに聞きたがるんですか？　さすがにセクハラで人事部に訴えますよ。ここ親の病院なんで野本さんクビにするのは簡単なんですけど」

核心を突いてくる野本の言葉をさえぎって出たのは、おどろおどろしい調子の声だった。

「うわぁ～、本性でたね。冗談はさておき、本当のところはどうなの？　看護師とか研修医の子とか、果ては患者さんにまで政臣先生は恋人いるんですか？　知りませんかって聞かれるんだよね」

学生時代のノリみたいだ。みんな暇なのかと、うんざりする。

「あと合コンセッティングしてってって頼まれるんだけど、ムカつくから忙しいってセッティングしてないいし、政臣先生にも今まで黙ってた」

「それは……ありがとうございます。合コンに興味ないし、絶対に参加しないのでこれからも断ってください」

「イケメンの余裕ムカつく。俺の嫉妬が止まらない」

　野本の目に光がなかった。もしかして、しつこく聞かれたのは嫌がらせか。

「だいたいさ、本人に聞けばいいのにさ。合コンだって、目当ては政臣先生だけじゃん。直接誘えばいいのに、みんなして俺を経由するんだ。気軽に政臣先生と話してるからって」

「はぁ……」

「いい加減、自分らで聞きなよ。さすがにプライベートなことは俺だって聞くの失礼だしさって言ってもね、あの顔見たら話せなくなっちゃうとか言うんですよ。仕事以外で話しかけづらいとか、嫌われたくないとかさぁ」

　だんだん野本の愚痴になってきた。酒の席みたいだ。

「みんなさ、俺のことちょっと蔑ろにしすぎだと思わない？　俺だってスペック悪くないのに。太ってないし、頭髪も薄くない清潔感のあるフツメン医師だよ。婚活市場で人気者になれるはずなのに、完璧イケメン医師が隣にいるだけでこの扱い。差別だよね」

「あ、そろそろ時間なんで。失礼しますね」

　まだ時間はあったが、もう付き合いきれない。立ち上がると、すがるように腕を摑まれた。

「待って待って！　ここからが本題なんだけどさ」

「本題があるなら先に言え」

「うわぁー……素が出てるよ」

つい、口調が乱暴になっていたが、野本に丁寧に接してやる必要はない気がする。

「あのさ、病棟クラークの、眼鏡の子知ってる?」

眉をひそめて、首を傾げる。

医療クラークは外来担当と病棟担当ともに何人いるか把握してないが、眼鏡をかけた人間は数人いたはずだ。その情報だけでは、誰だかわからない。

話しかけるとき相手の名前を呼ぶようにしているが、ネームホルダーを確認しているだけで憶えてはいないのだ。

「うーんとね、名前は五十鈴さんだったかな。髪が長くて、キツい感じの美人で、政臣先生に好き好きって視線送ってる子だよ」

「まったくわからないですね。そういうの意識しないようにしてるんで」

昔からその手の視線は多く、いちいち相手にしていたら疲れる。人の目が気になって生活できなくなるので、自然と意識から排除するようになった。

野本が、「これだから顔がいい奴は」と嫌そうにつぶやく。

「その五十鈴さんから伝言。彼女、政臣先生と同じ高校卒業なんだって。それで先生と仲良かった皐月ちゃんのこと知らないかってさ」

「皐月のことを?」

同級生が同じ職場にいたことに驚いたし、彼女の記憶がまったくない。同じクラスではなかったのだろう。

皐月の高校の友達は何人か知っているが、その中に彼女の名前はない。ただ付き合いが広くて八方美人なところのある皐月だ。政臣の知らない友達がいるのは不自然ではない。

「うん。その皐月ちゃんって子と五十鈴さん、高校の頃、仲良かったんだって。大人になってからは、SNS上で再会してお互いの近況をツイートで知るぐらいの仲になったそうなんだ。だけど、三年前からぱったりと更新が止まってしまって、連絡がつかなくなったらしいよ」

野本がありがちだよねと、肩をすくめる。

繋がりがSNSだけなので、再会しても成人後のお互いの確実な連絡先を知らない。だからSNSでの繋がりが途切れると、連絡できなくなってしまうのだ。

要するに、その程度の繋がりともいう。

「それでSNSで繋がりがある同級生の子たちに連絡とってみたけど、誰もなにも知らなくて。噂では事故にあって、ずっと入院してるらしいって聞いて心配になったけど、連絡手段がなくて困ってたんだって」

気持ちはわかるが、違和感があった。そんなに心配なら、友人の伝手をたどり皐月の住所を調べて自宅に手紙を出すなり、押し掛けるなりすればいい。住所は変わっていないし、茉莉がいるので状況はわかるはずだ。

「それで、なんで今さら俺に聞くんですかね？」

「五十鈴さんがこの病院で働き出したの、半年前からなんだって。それまでは皐月ちゃんの手がかりがなかったけど、政臣先生を見つけて聞いてみたくなったそうだよ。まあ、今さらだよね」

政臣の気持ちを察して、野本が苦笑する。

「その皐月ちゃんのこと心配してるのも本当なんだろうけど、それをダシに政臣先生とお近づきになりたいっていうのが本音だろうね」

「で、わざわざそれを伝言してくれたんですか？」

うんざりした表情で返すと、野本は唇を尖らせた。

「だってねえ、その友達が事故にあったらしいとか聞いたらさ、一応伝えないとって思うじゃん」

「まあ、そうですね……」

「ちゃんと伝言したからね。あとは自分で五十鈴さんに返事してよ」

「わかりました」

五十鈴の狙いを考えると、返事をする気になれなかった。

皐月の事故はともかく、意識不明で入院していることは周囲に告げていない。入院場所に関しては、皐月の仲のよい友人にだって秘密にしていた。茉莉にも教えないよう言っている。どこからか漏れて、皐月がまた狙われるかもしれないからだ。

面倒な用事ができてしまったと嘆息しながら、政臣はソファを立った。だが、午後の忙しさに追われているうちに、五十鈴の件はすっかり忘れ去ってしまったのだった。

8

黒木総合病院での面談が終わり、姉のいる病室に向かう。入院病棟でも、個室が集まったこの階は人の行き来が少なくて静かだ。足音に気を使いながら歩く。

ＭＲの仕事に就いて、ここの担当になってよかったと思うのはこういうときだ。生活にゆとりが生まれてからは仕事での失敗も減り、営業の合間に姉を見舞うことができるようになった。

平日、時間が許せば任せきりにしている介護を朋美の代わりに行う。体を拭いたり、着替えさせたりだ。休日であれば、茉莉は一日中病院にいる。朝からつきっきりで、朋美と一緒に風呂に入れたりして過ぎていく。研修で合宿をしていたとき以外、三年前からそういう生活をしていた。

今日は余裕があるので、ゆっくりと姉の相手ができる。会話ができるわけではないけれど、話しかけてほしいと医者は言っていた。聞こえているかもしれないからだ。

人気のない廊下を曲がり、一番奥にある姉の部屋の前まできた。さっきお昼休憩に行く朋美とすれ違ったので、誰もいないはずなのに中から話し声が聞こえる。そっとドアをスライドさせてのぞくと、窓を背にしてベッドの横に政臣が立っていた。

「早く……目、覚ませよ」

こちらに気づいていない政臣が、絞り出すようにこぼす。苦しげに眉根をゆがめ、姉の頬を大きな手でそっと包み込む。

宝物に触れるような手つきと、切なげに細められる目。眠る姉は人形のように美しくて、まるで映画のワンシーンでも見せられているみたいだった。

二人の間に誰かが入る隙なんてない。そんな世界だった。

ずきんっ、と太い針が刺さったような痛みに心臓が跳ねた。

「皐月、お前が戻ってきてくれないと……俺は……」

それ以上は見ていられなくて、茉莉はスライドドアから手を離し、すっと後退さる。ドアが静かに閉じて中の声が聞こえなくなると、足音をたてないように息を殺してその場を去った。

エレベーターで誰かと顔を合わせたくなくて、廊下の隅の薄暗い、あまり使われていない階段に飛び込む。口元を押さえて駆け降りる。転げ落ちる勢いで階段を蹴り、三階の途中で足を踏み外した。腰をついたものの勢いは止まらず、そのまま滑り落ちて踊り場で止まった。

「いった……ぁ」

少しだけ腰と尻を打った。膝もすりむいて、ストッキングが伝線している。明日、痣《あざ》になるかもしれない。

　腰をさすり、間抜けさに溜め息をつくと、涙と一緒に嗚咽がこぼれた。唇を噛んで耐えようとするが無理で、震えながらしゃくり上げる。

　脱げたパンプスと鞄が転がった踊り場に、茉莉の嗚咽が反響した。泣きやむまで誰も通らないことを願いながら、痛む膝を抱き寄せて顔を埋めた。

＊

「あら、政臣先生だけですか？」

「朋美さん、お疲れ様です。だけって、なんですか？」

　丸椅子に腰掛け、ぼんやりと皐月の顔を見つめてとりとめもなく話しかけていた政臣は、部屋に入ってきた朋美を、瞬きして迎えた。

　今は昼休憩の最中で、食事はコンビニ弁当をここで食べた。前に野本にからまれたので、朋美と茉莉以外はこないここで、皐月を見舞いがてら休んでいたのだ。

「昼休憩に行く前に、エントランスで茉莉ちゃんに会ったんです。次の訪問先まで時間があるから、こっちにくるって。会いませんでした？」

「いや、こなかったですね。途中でどっかの先生に捕まったのかな……」

　少し面白くない気分で顎を撫でる。茉莉に会いたかった。

まだ新人だが、茉莉はMRとして評判がいい。医師からの話をよく聞き必要な情報を集め、丁寧に薬の説明をする。患者の症状や経過にも親身になり、それぞれにあった薬を提供しようとする真摯な姿に評価が上がっている。

そのせいで面談時間でなくても、茉莉を見つけると話しかける医師がいる。そうやって目をかけられるのは、MRとして有能な証拠だろう。

面談する医師は妻子のいる自分たちの親世代の男性ばかりで、息子の嫁にほしいという話をたまに聞く。茉莉と関わることのない若い医師や看護師の間でも、真面目そうな子だ。声をかけてみたいと言われていて、特に女性と縁があまりないタイプの男性に人気がある。

あのレベルなら自分でもいけるんじゃないか。茉莉にはそう思わせる地味さというか、親しみやすい雰囲気があるのだ。顔のパーツが小作りなせいかもしれない。

整った容姿なのにオーラがなくて埋もれている。本人もメイクやファッションで華やかに見せるのを好まず、落ち着いた服装が好きだ。そこで清楚ではなく、質素に見えてしまうのが茉莉だった。

そのせいで女性に苦手意識のある男どもが、彼女なら不器用な自分をありのまま受け入れてくれるに違いない。同等のレベル、もしくは自分より下だなんて勘違いする。処女っぽいと、医局の休憩所でも盛り上がっていた。

ふざけるな、よく見ろ。

目立たない格好をしているだけで、茉莉はそこそこ美人だ。十人並かそれ以下と思っているのかもしれないが、実際の容姿は、政臣の欲目を抜いても中の上はかたい。個人的には上の上だと思っているが、客観視は大事だ。

それに茉莉は、処女ではない。一昨日の夜も抱いた。しかも、姉の治療費のカタに抱かれている。俺の女だ。気持ち悪い妄想話をするんじゃない。ぶち殺すぞ、と腹の中で毒づき呪った。

イライラが収まらず専攻医室で黒いオーラをまき散らしていると、医局の噂話を一緒に聞いていた野本がやや青ざめながら言った。

『事故が起きる前に、恋人だって周りに言ったほうがいいよ。院長の息子の恋人に横恋慕する勇者はいないだろうしさぁ』

不機嫌が収まるどころか、打ちひしがれた。それが言えれば、どんなに幸せか。抑え込んでいる独占欲を吐き出して、茉莉に近寄る男を抹殺したい。医師にあるまじき、危険な思想に染まりそうになるので困る。

「怖い顔。茉莉ちゃんなら、心配しなくても変な男性に捕まったりしませんよ」

なにをどこまで知っているのか、朋美は食えない微笑みを浮かべる。変な男ではないが、すでに悪い男に捕まってぱっくり食われているんですよとは言えなかった。

「それにしても、皐月はいつになったら戻ってくるのかしら。迷子になりすぎですよね」

ふふっ、と寂しげに笑い、朋美は指先で皐月の白い頬をつつく。皐月がこうなってつらいのは、政臣よりこの人だろう。なのに朋美はいつも気丈だ。自分が彼女の立場なら、耐えられない。

「朋美さん、茂木のことなんですけど。あいつの行方が、今よくわからないんです。探してもらっていますが、なにがあるかわからないので気をつけてください。皐月のことも、警備の人に言って夜の巡回を増やしてもらうことにしました」

皐月の髪を撫でていた朋美の指先がこわばる。表情も硬かった。

彼女には茂木たちのことを、だいたい話してある。彼らが共謀して皐月に事故を起こさせた可能性と、茂木が女性に薬を盛って性接待に使っているかもしれないという内容で、すべて調査会社からの報告だった。

その話をしたときに、朋美は青ざめ「私が教えた噂のせいかもしれない」と言った。その噂は、女性看護師らを騙して性接待に使っているMRがいるらしいという内容で、彼女も半信半疑のただの雑談だった。皐月も特別気にかけた様子はなかったが、もし茂木と一緒に働くうちになにか知ってしまったのだとしたら、告発しようとしただろう。

皐月は無謀で、正義感が強いところがある。

「私、しばらくここに寝泊まりしようかしら。心配だし……」

「それがいいかもしれませんね。朋美さんも一人暮らしだし、うちの親……院長には話を通しておきますから、皐月のそばにいてあげてください」

政臣もなるべく早く帰宅できるようにして、茉莉の近くにいたい。追いつめられた茂木がなにをするか、予想もできない。

「ありがとうございます。政臣先生のおかげで皐月は入院できて、私もこうして仕事をさせてもらえて感謝しています」

深々と頭を下げる朋美に、苦笑する。

「いいえ、俺は……下心があってしたことですから」

あえて誰に対してとは言わない。

「では、よろしくお願いします。なにかあったら、すぐに連絡してください」

そろそろ休憩時間が終わる。丸椅子から立ち上がり、皐月に「またな」と声をかけて仕事に戻ることにする。帰り際に茉莉に会えないだろうかと、薄暗い階段を横切りエレベーターに向かった。

＊

「あ、お帰り……今日は早いんだね」

茉莉が風呂から上がると、政臣が居間で冷凍のハンバーグ弁当を食べていた。仕切りのあるワンプレートに冷凍された数種類のおかずが入っていて、そのまま電子レンジで温めると出来上がるお手軽なものだ。

種類の違うものを一度に電子レンジにかけて大丈夫なのか。まずくならないのかと、最初は懐疑的だった茉莉だが、食べてみたらなんの問題もなかった。ご飯もちょうどよい硬さでつやつやしていて、自分で冷凍したご飯より美味しい。おかずも均一に解凍されていた。

政臣は、カロリー計算もされていて洗い物もでなくて便利と言い、料理をする気になれないときに食べている。

その冷凍弁当の他に、茉莉が一人で先に夕飯をとったときに作り置きしたお味噌汁が並んでいた。

「しばらくは早めに帰ってくる。そう調整してきたんだ」

「調整って……」

まだ専攻医なのに、よくそんなことができるなと思う。院長の息子だからって許されるのか。他の先生はやりにくくないのかと、病院での政臣の評判がちょっと心配になってきた。

「なんで早く帰ってくるの？　そんな暇ないんでしょ？」

「うーん、まあ。なんとなく」

「なにそれ？」

なんとなくなわけがない。政臣は、目的もなくそういうことはしないはず。

こちらを見ずに黙々と食べている姿を、じっと見る。政臣が前に言ったことが本当なら、男は嘘をつくとき目を合わせないのだろう。

「もしかして、なんかあったの？　お姉ちゃんのことで……」

昼間の病室でのことを思い出して、また胸がぎゅっと締め付けられる。苦しい。

「いや、皐月は関係ないよ」

やっぱり目を合わせてこないし、数秒、箸先の動きが止まる。

「どういうこと……」

「ごめん。食事中だから、あとにしてくれるか」

冷たく言葉をさえぎられた。これ以上、話す気はないという空気を出される。こうなると拒絶が怖くてなにも言えなくなる。茉莉は唇を噛んでソファに腰掛けた。

政臣はかき込むように食事を終えると、食器を片づけて風呂に行ってしまった。こちらを見もしない。

やっぱり姉のことだ。なにか動きがあったのだ。

もし姉が目覚めたということなら、肉親である茉莉に連絡がくる。それがないので、事故関係に違いない。教えてくれないのは、絶対に関わらせたくないからだ。どうも首を突っ込んでいくと思われているらしい。

別に、無理に関わろうとは思わない。政臣が駄目だというなら大人しくする。その代わり理由を教えてほしい。

なにもわからず、自分の身もろくに養えなかった学生時代とはもう違う。新人ではあるが社会人になり、給料をもらって生活している。完全になにもかも自分の経済力で回せているわけではないが、もうじゅうぶん大人になった。

政臣に認めてもらいたい。頼りにはならなくても、話し合う相手にぐらいはなりたかった。

「でも……駄目なのかな？　私、お姉ちゃんじゃないし……」

ぽつりとこぼれた言葉に、打ちのめされる。

昼にすりむいた膝が、ハーフパンツの裾からのぞく。腰と尻は痛いけれど、まだ痣にはなっていなかった。

じわり、と目が潤んで視界が揺れる。

政臣が風呂から出てきたら、無視されてもしつこく食い下がろう。邪魔はしないから、なにがあったのか教えてほしいと。

風呂場のドアが開く音がした。だが、足音がこちらにこないで客間に向かう。すうっ、と襖《ふすま》が滑るのが聞こえた。

茉莉と顔を合わせない気だ。よくわからない怒りがわいてきて、ソファを蹴るように立つ。

「政臣！」

足音も荒く、居間から飛び出す。タオルで乱雑に髪を拭きながら、襖に手をかけていた政臣がこちらを振り返る。

「ちゃんと教えて！　お姉ちゃんのこと！」

逃げられないように、腕を摑んで睨み上げる。ぎょっとしたように見えたのは一瞬で、政臣はすぐに肩をすくめて嘆息した。

「教えてって、なにをだ？」

「だから……お姉ちゃんのこと。なにかあったんでしょ？」

「なにもないって、さっきも言っただろう」

「事故のことでなにかわかったとか、茂木さん関係とか……」

「それと、俺が早く帰ってくるのがどう繫がるんだ。それから茂木と事故は関係ないだろ。ちょっと体調崩してるから、早く帰るようにしただけだから勘ぐるなよ」

意地悪だ。わざとはぐらかしている。政臣の腕を摑む手に力を入れる。

「だって、あの浅見って医師。熊沢病院の精神科医だった。お姉ちゃんが通院してたっていう病院だよ。茂木さんと浅見って医師が繫がってるなら、あの二人が事故に関わってるんじゃないの？」

じっと見上げていた政臣の表情は変わらない。けれど変化がないほうが不自然で、彼の中ではもうこの仮説は前から出来上がっていたのだとわかった。

「そうだな……そうかもしれない」

政臣が仕方ないと言いたげに息を吐き、肩をすくめる。

「だが、まだ確証のあることじゃないから、そういう話を外でするなよ。お前が狙われる。なにがあるかわからないんだから、軽率な行動だけは控えてくれ」

伸びてきた手に頬を包まれる。切なげに目を細める政臣にどきりとした。本気で心配してくれているのが、手のひらの温度から伝わってくるようだった。

適当に否定せず、茉莉の言葉を聞いて受け入れてもくれた。話し合える相手だと、少しは認めてもらえたのだろうか。

「お前になにかあったら俺は……皐月に申し訳なくて、顔向けできない」

すうっと体温が下がるような感覚がした。

姉の名を、こんなところで出さないでほしかった。昼間の病室でのシーンがよみがえる。あれのせいで、今日は気持ちが揺れてばかりいる。

心配してもらえた。認めてもらえたと浮かれた自分が馬鹿だった。

政臣は姉の恋人なのだから、その上で茉莉が大事だというのは当然のこと。なのに胸が裂けるように痛くて、その傷口からどろりとした黒いものがあふれてくる。

「じゃあ、その私に……なんで、あんなことするのよ……」

ずっと胸の内にため込んでいた疑問が口をついて出た。

「私とお姉ちゃんのこと、なんだと思ってるの！」

怒りと一緒に吐き出した言葉をぶつけられた政臣は、呆然としている。言われた意味がまったくわかっていないみたいだった。

「茉莉……？」

「だから、お姉ちゃんの恋人なのに……なんで私にあんなことできるの？」

涙で声が震えた。

聞いていて虚しくなる。こっちは三年間ずっと悩んでいたのに、政臣はそんなことさえ思いもつかなかったなんて。彼の想いがどこにあるのかわからなくなる。

「恋人って……そういうことか。それで怒ってるのか。違うんだ。訳があってだな」

なぜか政臣が言葉をにごす。茉莉から視線をそらし、髪をかき上げ考え込むように唸る。

「皐月め……なんにも言ってないのかよ」と小声でぼやくのに、いらいらした。政臣と姉との間だけでわかることがあるようで、それが腹立たしくて声が尖る。

「訳ってなに？」

「それはだな……表向き皐月とは恋人ということになってたが、恋人ではない。それ以上は言えない」

「え……なにそれ？」

「皐月のプライベートにも関わることだから、俺が勝手にべらべら話せないんだ。たとえ家族であっても。ともかく、皐月とはそういう関係ではない」

そう言われても納得できない。また茉莉だけ蚊帳の外だ。お前は理解できないだろうから教えられない、と言われているみたいだ。

「ただ、お前が皐月に対して負い目に思う必要はない。俺がお前を抱くのは、浮気でもなんでもないんだ」

「……信じられない」

一方的すぎる。姉は意識不明で、否定も肯定もできないのだ。政臣が嘘をついていてもわからない。それどころか、二人の間で行き違いがあるのかもしれない。

政臣は恋人ではないと思っていても、姉は彼を好きで、その立場を受け入れただけとも考えられる。

姉は付箋をたくさん貼るほど、結婚情報誌とカタログを読み込んでいた。誰よりも美人で女性らしいのに、仕事以外で着飾ろうとしない姉がだ。ウエディングドレスになんて興味がないはずなのに、熱心にカタログをチェックしていた。

もうそれだけで、姉がどんなに結婚をしたいと思っていたかわかる。ずぼらな姉は、そもそも付箋を貼るなんて行為をしない。自分のものなら平気でページの角を折る女だ。そこらへんに荷物を放り、雑誌なんて曲がろうが破れようがどうでもいい。それが結婚情報誌とカタログだけは綺麗に保存されていた。

相手は政臣以外に考えられない。それ以外で、姉が親しくしていた男性はいなかった。いつもモテてちやほやされてはいたけれど、一線を引いた付き合いだ。その線の内側に入れたのは、政臣しかいない。

だから茉莉は心が痛くて、後ろめたくて、それでも気持ちを抑えられない自分が嫌だった。

「大事な部分はなにも教えてくれないのに、そんなこと信じられるわけない！　意味がわかんない！」

「茉莉っ、だけど……」

「もう、いい！　教えてくれないなら自分で調べる。事故のことも精神科医のことも！」

踵《きびす》を返し、足音も荒々しく居間に戻る。充電中だったスマホを手に取り、怒りのまま玄関に向かった。

「おいっ、待て！　こんな時間に、そんな格好でどこに行く気だ！」

「政臣には関係ないでしょ！」

靴箱の上に置かれたカゴの中から車と玄関の鍵を取ると、腕を摑む政臣の手を振り払った。だが、またすぐに捕らわれ、強引に政臣のほうを向かされる。

「茉莉！」

「ほっといて、一人になりたいのっ」

「わかった。だったら俺が出ていくから、お前はここにいろ」

「そういうことじゃなくて、ここにいたくないの！」

今はこの家にいたくなかった。あの結婚情報誌やカタログがある姉の部屋からも離れたい。

「じゃあ、俺もついてく」

「はぁ？　私の話聞いてた？　一人になりたいんだけど」

声が刺々しくなる。変なことを言い出す政臣に、顔をしかめた。

「聞いてた。意味も理解している。だが、こんな時間に外で一人にさせられるかよ。一定の距離を保ってついていく、視界にも入らないようにするから、それで妥協しろ」

本気でなにを言っているのかわからない。なぜ妥協しなくてはならないのか。

「冗談やめて。政臣と話してると、頭がおかしくなりそう」

これ以上、話していてもらちがあかない。摑まれている腕を振りほどこうともがくが、力はどんどん強くなる。手にしたスマートフォンでもぶつけてやろうかと思ったとき、着信音が鳴った。

反射的に画面を確認すると「中野健二」と表示されている。

「なっ……あいつと接触したのか？」

上から降ってきた険しい声に驚く。政臣が食い入るようにスマートフォンの画面を見ていた。

「中野先輩のこと知ってるの？」

その質問には答えず、茉莉の手の中から政臣は強引にスマートフォンを奪った。

「ちょっ、なにするの！　返して！」

摑まれていた腕をほどかれ、よろめく。背を向けた政臣が、勝手に電話を切ってしまう。慌てて後ろから飛びつくと、どういうわけか茉莉のパスコードを入力してロックを解除した。

「えっ、なんで知ってるの！」

もちろん答えなんて返ってこない。取り戻そうと手を伸ばすが避けられ、連絡先から中野の番号を削除されたのが見えた。そのあともなにか操作し終えると、難しい顔でこちらを振り返った。

「中野といつ会って、なにを話した？」

「スマホ返して。なんなの？」

結局、政臣は茉莉と話し合う気などないのだ。自分の要求ばかりで、一人にさえしてくれない。パスコードもいつ盗まれたのか知らないが、入浴している間や充電中などに、こうやって中身をのぞかれていた可能性がある。

それでも怒りを抑えて手を差し出すが、返すどころか部屋着のズボンのポケットに茉莉のスマートフォンをしまった。さすがに頭にきた。ぶちっ、と頭の中でなにかが切れる。

「いい加減にしてよね！　私は政臣の所有物じゃないの！　スマホ取り上げたり人付き合いに口出ししたり、でしゃばらないで！」

「なっ……俺は、心配して！」

「けっこうです！　しょせん体だけのくせに彼氏面すんな！」

体で支払っている側の茉莉が言うことではないのだろうが、取り引き対象は肉体関係だけのはず。それ以外は茉莉の自由だ。

「か、体だけって……」

なにがショックなのか、動揺したような表情で政臣がよろける。馬鹿にされたと思ったのかもしれない。

「本当のことでしょ。政臣なんて体だけの繋がりなんだから、それ以外のことに口出しされる筋合いなんてない。もうっ、彼氏作ってやる！」

自分でもなんだか意味のわからない切れ方をしたなと思ったが、彼氏を作るのは名案かもしれない。

「彼氏だと……」

「そうよ。なんで今まで作らなかったんだろ。政臣とは治療費と引き替えにセックスしてただけで、要するにバイトみたいなもんでしょ。なら、それとは別に彼氏作ったって問題ないじゃない」

いや、問題はある。売春しているような茉莉の彼氏にされる男が可哀想だ。

けれど、不毛な肉体関係をこのまま続けて婚期を逃したくない。茉莉だって人並みに結婚してみたいなんて夢がある。一番好きな政臣と結ばれなくても、普通の男性と平凡な家庭を築けたらいいなと思っていたりする。

「駄目だ！　そんなの許せるわけないだろ！」

「だから彼氏面すんな！　だいたい最初に恋人を作りませんなんて契約書も交わしてないんだから、口出しする権利なんてない。政臣は体だけ！　心まではあげない！」

とっくに心も政臣のものだが、彼だって茉莉の気持ちなんて迷惑だろう。心なんて無視で、茉莉を管理したいだけなのだから。

「だからもう、スマホかえ……っ！」

手を差し出すが、その手首を摑まれ壁に押しつけられる。その直後、言葉をさえぎって反対側の壁に拳がめり込んだ。

ダンッ、という鈍い音が耳元でして、砂壁がぱらぱらとはがれ落ちる。

体が硬直し、喉の奥に悲鳴が引っ込んだ。

「……ああ、わかってるよ。心が俺のものにならないってことは」

地響きのような低い声がして、茉莉に落ちる陰が濃くなった。吐息が触れ合うほど近づいた政臣の目が、暗くよどんでいる。

「だがな、他の男にその心をくれてやる気もない」

威圧され動けなくなっていた茉莉の唇に、そっとキスが落ちる。言葉や態度に反して優しい口づけなのに、怖くて体が動かない。ぺろりと下唇を舐められ、甘嚙みされる。まるで獲物の味見でもしているみたいに。

「他に男なんて作れないような体にしてやるよ」

政臣は茉莉の唇に吹き込むように囁くと、甘く嚙みついてきた。

「ンッ、ンッ……あっあぁ……ひぃッ！」

仰向けになった背がしなり、小刻みに震える。繫がった場所からは、ぐちゅぐちゅと激しく濡れた音が上がる。膣で吸収されなかった精液と愛液が混ざり合ってあふれた。汗や体液で湿ったシーツを、気持ち悪いと感じる余裕もない。

玄関で膝が震えて一人で立てなくなるまで唇を貪られてから、客間に引きずり込まれた。政臣が持ち込んだマットレスと布団の上に放られ、泣きが入るまで執拗に嬲られて、途中で抵抗したら後ろ手に縛られてしまった。

それからは体中を舐め回され、声が枯れるまで喘いだ。足の指の間や臍のくぼみ、腰骨のでっぱり、普段はそこまでしつこく愛撫されない場所にねっとりと舌を這わされ、泣きじゃくるまでやめてもらえなかった。体の中心は、触れられてもいないのに濡れそぼり、蜜口はひくついて中を埋めてくれるものを求めていた。

もう欲しくて欲しくて、頭がおかしくなりそうだった。そこに容赦なく突き入れられた。指で慣らすこともなく硬くなった切っ先で乱暴に押し広げられたが、柔らかくなっていた蜜口は悦んで受け入れ、狂ったようにびくびくと収縮した。

『そんなに欲しかったのか？　こんないやらしい体、普通の男に見せたら引かれるぞ』

すぐに達した体を嘲る言葉にさえ感じて、高まった。

『淫乱め』

覆いかぶさられ、耳元で囁かれるのはひどい言葉ばかり。政臣の愛撫でこうなっているのに、茉莉が悪いみたいに言う。

それから何度も犯され、嫌だと言ったのに中で出され続けた。妊娠してしまうと泣いても聞いてくれない。

『そのつもりで抱いてる。できたら俺と結婚すればいいだけだ』

そう言って冷たく笑う。きっと本気ではない。政臣が茉莉と結婚するなんて考えられなかった。

虐めたいだけだ。逆らった茉莉が気にくわなくて陵辱している。

本当に妊娠したらどうするのだろう。医者だけに、命を粗末にあつかう人だとは思わないけれど、迷惑がるに違いない。そうしたら、この関係も終わってしまうのだろうか。

こうなってまで、妊娠するより政臣に捨てられるかもしれないほうに怯えている。迷惑がられても、別れるなら彼の子供だけでもほしいと思っていた。

どうしてこんなに政臣を好きなのだろう。嫌いになれたら楽になれるのに。

「ひっ、やぁ……もっ、むり。あぁぁッ……いやぁんっ！」

何度目になるかわからない絶頂の波がやってくる。もうつらいのに快感が弱まることはなく、体をさいなむ。意識が遠のいても、政臣の熱で中をひっかき回され強引に叩き起こされる。その繰り返しだ。

「もう、やめっ……て、おねが……っ、ひっ、あぁぁッ……」

懇願するが、上からえぐるように奥を突いてくる政臣の動きは止まらない。

腰を摑まれ乱暴に抽挿されるたび、寝具に広がった長い髪がぱさぱさと跳ねるのを涙に濡れた目でぼんやりと見つめる。背中で拘束された腕は、茉莉の体重に押しつぶされ、痺れてもう感覚がなかった。高いマットレスのおかげなのか、痛みがないのだけが幸いだ。

ぐりっ、と強くねじ込まれた。さらに奥をこじ開けられる刺激に、頭が真っ白になった。

「あぁ……ああああぁぁ……ッ！」

　より強烈な快感に意識が飛ぶ。びくん、びくんと腰が跳ねて達する。けれど政臣のものはまだ硬く、茉莉の中を激しく穿って意識を引き戻す。

　いったばかりで敏感な中をめちゃくちゃにされ、またすぐに快感の波が襲ってくる。何度か経験したことのある、いきっぱなしになる感覚。自分ではコントロールできなくて、気持ちいいのに苦しくて、狂ってしまいそうだ。

「いやっ、やぁ……ゆるし、てっ」

　ぼろぼろと、目尻に溜まっていた涙がこぼれる。声は小さくかすれて、濃密な空気の中に消えていく。全身、どこを触られても電流が走ったみたいに感じて、乱れた。

「……おね、が……うで、くるし。ひ……ひっ、あぁッ」

「ああ、そういえば縛ったままか。悪かったな」

　ひどく優しい声が降ってきて、目尻に口づけられる。

「泣きすぎて目が真っ赤だ。ぐちゃぐちゃで、人には見せられない顔だな」

　人を貶《おとし》めることを言いながら、政臣はなぜか嬉しそうに目を細め顔中にキスを降らす。その間も茉莉の体は小さく何度も絶頂を迎え、ちゅっ、ちゅっと軽い音をさせるだけのキスにも過剰に感じて泣きじゃくった。

「あぅあぁ、いやあぁ……まさ、おみっ」

「そうだ。腕だったな」

「ひぃッ……！」

ずるり、と半分ほど繋がりが抜け、急に体を反転させられる。蜜口あたりを太い部分で強くこすられ、視界が激しく揺れた。

うつ伏せになると政臣のモノが完全に出ていき、中が名残惜しげにひくついた。さいなむ熱がなくなり、体が弛緩する。このまま寝てしまいたいほど疲弊していた。

「少し、痕になるかもな。ごめん……」

茉莉の太股の上に跨がった政臣が、手を拘束していたタオルをほどいてシーツの上に置く。腕は痺れきって動かない。政臣はシーツを摑む力もない茉莉の手をさすり、うっすら赤くなっている手首に口づける。

甘くて優しい刺激に瞼がとろりとしてくる。だが、眠りに落ちさせてはくれなかった。

「茉莉、まだだよ。俺はいってない」

耳朶を舐めるように低く囁かれ、うなじがぞくりと疼く。ぐいっと硬いモノが太股に当たった。

「あぁっ……や、むり。もうやめ……ひっ、ぐぅ……うぅッ！」

後ろから蜜口をこじ開け、凶器のように硬いそれが一気に入ってきた。ずっと入れられっぱなしで抜き差しされていた入り口は、濡れている上に緩んでいる。抵抗も痛みもなく、最奥までぐんっと貫いたそれを中が締め付けた。

「くっ……さっきより締まるな」

うっとりしたような政臣の声がした。

太股を跨いだ後ろからの体位は、脚が閉じられているせいで蜜路が狭くなっている。突かれる角度も変わり、前より深く中をえぐられ茉莉は身悶えた。

「ひぁっ、あぁぅ……うっ、いやぁ、これやだぁ……ッ」

刺激される場所が変わったせいで、また違う快感が襲ってくる。後ろから押さえ込まれる体位なので、まったく動けない。閉じられた脚は、政臣の体重が載っていて小さくもがくだけ。上半身も腕や肩を押さえられると、起こすこともできなくなった。

「この体位は初めてか？　どうせもう動けないだろ。茉莉は大人しく寝ているだけでいい」

「いや、いやぁっ！　あぁぁっ、んくぅ……アアッ！」

手首を押さえつけられ、ぐっぐっと体重をかけて突かれる。奥の奥まで暴かれ、こじ開けられる感覚に内壁がうねって茉莉を甘く苦しめる。

「ひっん、あぁおくっ……やぁ、あたるの……ひっ、あぁぁッ」

ずちゅずちゅと濡れた音をさせながら抽挿を繰り返される。脚を閉じて狭くなったぶん、政臣の形をリアルに感じてしまう。それが中をぴったりと埋め、激しくひくつく内壁をこするのだ。

「いやぁ、キツいの……ひっん、あぁぅ……、やめッ……！」

締まる蜜口から強引に引き抜かれた政臣のモノが、またこじ開けるようにして差し込まれる。その抜き差しに、入り口の襞がめくれたり巻き込まれるような感覚がして、茉莉の

体がびくびくと震える。

手首をシーツに縫い止められているせいで、体をよじって快感を散らせない。逃げ場のない熱は、あっという間に高みへと押し上げられる。

「あっ、やぁんッ……、ひゃぁう、きちゃう……だめッ！」

もうなにを言っているのかわからなかった。しゃくり上げながら、政臣にもう無理やめてと懇願していた。声しか自由にならない。

激しく腰を使っていた政臣が、最奥を強くえぐって動きを止める。硬い先端で、ぐぐっとそこを押し上げてさらに深く入ってこようとした。

「……くっ、茉莉っ」

覆いかぶさってきた政臣が呻くように喘ぎながら、うなじにかじり付く。痛みが強い快楽となって、腰をびくびくと跳ねさせた。

「あああぁ、あああぁ……っ！」

絶頂感に全身が震える。同時に弾けた政臣の熱を、内壁がうねって絞り上げた。びくん、びくんっ、と断続的に吐き出される熱が奥にそそがれていくのに、また蜜口がひくついた。すべてを飲み下そうとするその動きにさえ、茉莉の体は快感を拾って震えた。

「あぁ……ん、あぁ……、はっ、はぁ……ぁ」

甘い余韻に目眩がする。体から湯気でもでそうなほど暑い。

政臣は熱を放っても硬いままのそれで、茉莉の中をぐちゅぐちゅとかき回す。まるで吐き出したものを奥に塗り込むように。

「お前は誰にもやらない……孕めばいい」

うなじを甘噛みしたり口づけたりを繰り返しながら、政臣がこぼした言葉は、うっとりするような低音で頭がくらくらした。

「茉莉、まつり……おまえは、おれの……」

政臣がなにか言っている。甘美な気持ちになるような言葉を聞きながら、茉莉は泥のような眠りへと引きずり込まれていった。もう、抱かれて起こされることはなかった。

9

「うっ……、いった……っ」

布団の中、あまりの痛さに呻いた。腰に回った腕も重くて、痛みに拍車をかけている。

「なに、これ……邪魔っ」

身じろいで腕をどかそうとするが、体は鉛でもぶら下げているように重く、声もがらがらだった。横たわったまま、痛みに顔をしかめながら昨夜のことを思い出す。

体が重くて当然だ。それと腰のこの痛みは、抱かれたせいだけではない。

「んっ、茉莉……？」

遅れて目を覚ました政臣が、悪気なく腰を抱き寄せる。とたんに走った痛みに、体が跳ねて悲鳴が漏れた。

「茉莉、どうした？」

「腰……痛いから、腕どけて」

事態に気づいた政臣が布団をはねのけて起きあがる。縁側に続く雪見障子のほうから青白い光が射し込んでいる。明け方なのだろう。

政臣は部屋の電気をつけ、裸のまま寝かされていた茉莉の腰にそっと触れた。

「痣《あざ》になってる。昨日、なにかあったのか？」

「階段で……ちょっと転んだ」

「転んだっていうか、滑り落ちたんだろ。線が段になって痣ができてる。ちょっと触るけど、我慢しろ」

そう言うと、慣れた手つきで触診したあと、部屋の隅にあるダンボールを漁って湿布を持ってきて貼ってくれた。

「あんまり腫れてないし骨に異常もなさそうだから、ただの打ち身だと思うが、病院でレントゲン撮るか？」

車で連れて行くという政臣に、首を振る。正直、腰の痛みより体の倦怠感のほうがつらい。移動する気になれなかった。

政臣はそっと布団をかけ直しながら、膝の怪我にも気づいて眉間の皺を深くした。

「そうか……膝もすりむいてたんだな。気づかなかった」

こちらを見下ろす政臣の顔が青ざめ、苦渋に満ちる。

「悪い、無理させてごめん。抱いている間、ずっと痛かったのか？」

なにを今さら、と内心で吐き捨てる。抱かれている間は快感がまさって、痛いとかまったく感じなかった。それよりも、茉莉の気持ちを無視した行為に心が痛くて、悲しくて、どんなに惨めだったか。

怒りが込み上げてくる。

「今日はゆっくり休んだほうがいいな。俺も傍にいるよ。なにかほしいものとかあるか?」

まるでご機嫌をとるような言葉に、唇がわなわなと震えた。

「なんでもする。言ってく……!」

言い終わる前に、手近にあった枕をその顔めがけて投げつけた。力が出なくて大した威力はなかったが、枕をぶつけられた政臣は傷ついたようなひきつった表情で、睨みつける茉莉を見下ろす。

「ごめ……」

「うるさい! 政臣なんて嫌い!」

政臣が見えない拳に殴られでもしたように、びくっと身をすくめる。さっきより顔が青い。

昨夜はあんなに強引で、茉莉の言葉なんて聞き入れもしなかったのに、ちょっと嫌いと言われたぐらいでなんなのだろう。こんなに打たれ弱かっただろうか。

だが、そんなことはどうでもいい。茉莉は痛い腰をかばいながら、起きあがった。

「なんでっ……なんであんなことするの。怖かった……っ」

急に込み上げてきた大粒の涙が、ぽろりとこぼれた。布団を握りしめた指先が震える。

「嫌だって言ったのに……初めてのときだって、なんでっ? なんで、私のこと脅したの?」

ずっと聞きたくて、聞けなかった。最初に聞くべきだったこと。

怖くて、でも好きだから受け入れてしまった。抱かれたいと思った。脅迫もきちんと拒絶しないといけなかったのに、一人では姉を抱えきれないと言い訳をして、政臣との関係が続くことに安堵していた。拒絶したら、もう会えないと思った。

嫌だった。それはどうしても耐えられないから、体だけでもとすがったのだ。

意地を張って、強気で脅迫を受け入れたけれど、本当はずっと恐ろしかった。いつ終わりになるのか。いつ姉が目を覚ますのか。

いっそ政臣がもっとひどい男ならよかったのに、少し強引で意地悪になった以外は前のままだった。乱暴な口調に隠された気遣いとか、ちょっと体調を崩しただけで看病にきてくれる優しさとか、鬱陶しいぐらいの心配とかが、茉莉をめいっぱい甘やかしてきた。こんなふうにされたら、どんどん離れられなくなる。脅迫された関係なのに、政臣を恨めない。

今だって、昨夜はあんなにひどいことをしたのに、優しくて甲斐甲斐しくて、本気で心配しているのが伝わってくる。だから困る。

姉を裏切っている自分だけが悪者な気がしてくるし、政臣が昨夜言ったとおり二人が恋人でないなら、あの脅迫にはなんの意味があったのか。

「ねえ……どうして。私は政臣にとってなに？」

声が小さくしぼんで涙に押しつぶされた。

今まで、なるべく考えないようにしてきた。絶対に聞いてはいけないと自制してきた。

生活や姉の看病や、就活に追われる日々で、立ち止まる暇なんてなかったし、相談できる相手だっていなかった。政臣までいなくなったら、頼れる肉親のいない茉莉は、昏睡状態の姉を抱えて独りぼっちになる。

茉莉にできることは気をしっかり持って、できる限り早くひとり立ちできるようになること。経済的に姉を支えられるようになること。それだけを目標に、頑張ってきた。

そうなれるまでは、政臣にすがるしかない。彼の力がなくては、茉莉は早くに倒れていた。意識不明の姉から逃げたかもしれない。

だからこの問いをできないでいた。政臣が離れていくかもしれないことを聞けるわけがなかった。

「政臣、教えて……」

けれどもう限界だ。なにも聞かずに抱かれ続けるのも苦しくなっていた。

涙をこらえて唇を噛む。ゆっくりと顔を上げて見た政臣は、じっと畳に視線を落としている。そしてなにか決心したように、一度目を閉じると固く引き結んでいた唇を開いた。

「茉莉……俺は」

張りつめた空気をさえぎるように、スマホが鳴った。政臣は反射的に、茉莉に向けていた視線をそむけて鳴り響くスマホを手にした。

すぐさま通話をタップして話し出す政臣を呆然と見つめる。それが茉莉に対する答えのように感じた。

医者である彼からしたら当たり前。休んでいても、呼び出されれば患者のもとに駆けつける。常に待機中みたいなもので、茉莉のくだらない癇癪《かんしゃく》に付き合っている場合ではないのもわかっている。

でも今は、自分のほうを向いていてほしかった。電話なんて無視して、茉莉の不安に答えてほしかった。ほんの少しの時間だけ、数分でいいから茉莉を優先することはできなかったのだろうか。

そんな我が侭が胸の中で渦巻いて爆発した。

「ごめん、茉莉。話の途中で……」

「もう、いいっ！　聞きたくない！」

ヒステリックな声と、抑えていた涙があふれてくる。昨日から不安定な自分が嫌でたまらない。こんなのはただの八つ当たりだとわかっていても、止まらなかった。

「私なんて、優しくしておけば大人しくて結婚も迫らないセフレだから便利なんでしょ！　だからなんでも管理しておきたいってのが答えなのよ！」

「茉莉、それはちがっ」

「嫌だっ！　触らないで！　気持ち悪い！」

伸びてきた政臣の腕を力いっぱい叩き落とす。

本当は気持ち悪くなんてない。ただ、抱きしめられたら受け入れてしまうから、駄目なのだ。どんな怒りも悔しさも惨めさも、政臣の体温を感じたら許してしまう。だから今は触られたくなかった。

「信じてたのに……っ、政臣のこと好きだったのに……！」

するりと舌の上を滑り落ちてしまった告白に、目の前がぼやけてなにも見えなくなる。もうお終いだ。困らせるだけだから、言うつもりはなかった。

下を向くと、とめどなく涙がこぼれ落ち布団がぐちゃぐちゃになっていく。政臣の気配は動かない。戸惑っているのだろう。

面倒な女を抱いてしまったと、後悔しているのかもしれない。でも、少しぐらい罪悪感にさいなまれたらいい。

「もう……出てって。早く行ってあげて。さっきの電話、呼び出しなんでしょ。私の相手なんてする必要ない」

「……茉莉」

なにか言いたそうな政臣を無視して、布団をかぶって横になる。

「もう、眠いから。ほっといて」

ぎゅっと目を閉じ、全身で政臣を拒絶するように丸くなる。しばらくして、背後の気配がゆっくり動いて部屋を出ていき、またすぐに戻ってきた。

枕元に、ことりとなにかが置かれた。

「これ、喉が渇いたら飲めよ。それから、なにかあったらすぐ連絡してくれ。俺の顔なんて見たくもないだろうが……お願いだ」

視線を少し上に向けると、スポーツドリンクのペットボトルと栄養補助食品のスナック。それと茉莉のスマートフォンが見えた。

また目の周りがじわりと熱くなってくる。なんで、こう残酷なほど優しいのだろう。

「じゃあ、いってくる」

気配が遠ざかり、玄関がそっと閉まる。その音に導かれるように、限界だった茉莉の意識もすうっと閉じていった。


どれくらい寝ていたのか。スマートフォンの振動音で目が覚めた。外はいつの間にか大雨になっていた。

眠りが深かったのか、頭はとてもすっきりし体もだいぶ快復していて、茉莉はあくびを一つするとスマートフォンを引き寄せた。

「え……涼風さん！　そうだ仕事！」

液晶画面に表示された先輩の名前と時間に、青ざめ飛び起きる。慌てて電話をとると、暢気《のんき》な調子の声が聞こえてきた。

「もしもし宮下さん。体調は大丈夫？」

「あ、あの仕事……っ！」

「ひどい声ね。風邪なんでしょう？　休みますって連絡、彼氏からきたわよ。優しいのね」

「彼氏……？」

「高熱で寝ていて受け答えできそうもないので、って。もしかして、助けてくれたイケメン医師？」

ぽかんとしていたが、なんとなく理解した。政臣が気を回して、会社に連絡してくれたようだ。有り難いのだが、こういうことを聞かれるので迷惑でもある。

「……あの、それでなんで電話を？　なにかありましたか？」

休みの連絡がいっているなら、わざわざ電話はしてこない。彼氏の件については無視する。答えようがない。

「あのね、大したことじゃないし出勤してから教えればと思ったんだけど、気になってね」

涼風は少し迷うように前置きした。

「今日、茂木さんの机を片づけていたら、残っていた荷物の中から宮下さんのお姉さんからの年賀状が出てきたの。社内規定では、もうずいぶん前に年賀状のやり取りは廃止になってたけど、仲のいい間柄だとそういうこともあるのよね」

サニー製薬では、虚礼廃止や個人情報保護の観点から社員同士で年賀状などのやり取りは禁止になっている。名簿に住所も載らないので、お互いの住所は教えあわないと知ることはない。

「気にしすぎかもしれないけど、あんなことがあったじゃない。だから、宮下さんの住所が知られてるのは危ないかもしれないって思ったの。それから今日、茂木さん宛ての電話があって、たまたま私が出たんだけど」

　茂木は退社しているので、涼風はそのことを告げたそうだ。すると相手は、茂木が行方不明で困っている。行き先や知ってそうな同僚はいないかと聞いてきたそうだ。

「相手は仕事関係だって言うだけで、名乗らなかったけど、あれたぶんクレジットカード会社の督促の電話ね。前にも茂木さん宛てで似たような電話とったことがあるから」

　その電話を受けたときに、当時、茂木をライバル視していた先輩が教えてくれたそうだ。茂木は金遣いが荒く借金があるのだと。

「きっと逃げてるのね。で、宮下さんは悪くないけど、逆恨みされてるかもしれないじゃない。だから戸締まりしっかりしてね。一人暮らしなんでしょ？　彼氏に泊まりにきてもらうとかしたら？」

「ああ、はい。そうですね……」

　泊まるどころか、押し掛けてきて居ついている。そもそも彼氏でもない。

「わざわざありがとうございます」

　それから仕事の話しを少しだけして電話を切った。次に表示された画面を見て目をむいた。

「なに……これ？」

　トークメッセージが何件も着信している。政臣からだ。開いてみると、一時間ごとに茉莉を心配するメッセージがある。それと「ごめん」「悪かった」「もうしない」という言葉を繰り返すだけでなにが悪いのかわかっていないような、煮え切らない謝罪ばかりがあった。

「なに考えてんの？　頭、大丈夫なの？」

はっきりしない謝罪にイラっとしながら、アプリを閉じる。返事はしなかった。そういう気分になれない。

だいたい一時間ごとになにをしているのか。真面目に仕事をしてもらいたい。

「とりあえず、シャワーあびよう」

シーツは取り替えられ、体も政臣が拭いてくれたみたいだが、昨夜の名残が脚の間から滴っていた。気持ち悪さと虚しさで、溜め息がこぼれた。

手にしたスマートフォンを一瞥し、布団の中にしまった。政臣からの着信を見たくない。目に付かなければ、苛立たないだろう。

それから、さっとシャワーを浴びて新しい部屋着に着替えた。ジャージ素材のサルエルパンツにカップ付きのインナーを着て、パーカーをはおる。小腹が空いたので、なにか作ろうか考えているとインターホンが鳴った。

セールスかなと思って出てみると、なんと中野だった。

「ごめん、お邪魔だったかな？」

「いえ、そんなことないですけど……こんな格好ですみません」

かまわないよと言う中野を、家に上げた。大雨の中、外に立たせてはおけない。傘を閉じて、コートの雨粒を払う彼にタオルを渡して居間に通す。

キッチンで温かいお茶をいれて居間に戻ると、中野はタオルを丁寧に畳んで待っていた。

「今日は、どうされたんですか？」

「昨日電話しただろう。最初、切れちゃって、大事な用があったからまたかけたんだけど、ぜんぜん繋がらないから心配で……。それで今日、会社に電話したら休みだって聞いてね」

そういえば、電話があったのを忘れていた。さっき見たときに電話の着信履歴はなかったので、政臣がアドレスを削除するついでに着信拒否もしたのだろう。

勝手なことをと、腹立たしくなる。それは顔に出さないようにして、笑顔で茶菓子を中野に勧めた。

「すみません。ちょっと体調崩してて、電源落としてさっきまで寝てたので気づきませんでした」

「そうだったんだ。もしかして倒れてるんじゃないかって、心配で。用事もあるから無事を確認しようって、家まで押し掛けてきたんだ」

「そうだったんですか。わざわざ、ありがとうございます」

あれ、でもなんで自宅を知っているのだろう。一瞬よぎった疑問は、中野の次の言葉で消えてしまった。

「それで、用事っていうのはね。熊沢病院の精神科の先生が、宮下さんに会いたいって言ってるんだ」

「え？　どういうことですか？」

それはあの浅見のことだろうか。連れ去ろうとした茉莉と会いたいなんて、なにを企んでいるのか。

「あ、会いたいって言ってるのは、こないだ宮下さんが聞いてきた浅見先生じゃなくて、熊沢病院に長く勤務してる先生なんだ。浅見先生がきたのは去年からなんだって」

茉莉が気にしていたみたいだから、聞いてみたんだと中野が照れくさそうに笑う。

「そうだったんですか……」

浅見と姉の繋がりが消えて、ほっとした。茉莉の考えすぎだったようだ。

「あの、それで。どうして私に会いたいと？」

「浅見先生のことをその先生に聞いたときに、なんで知りたいんだって不審がられてね。悪いと思ったんだけど、宮下さんのことを話したんだ。お姉さんのことも……そうしたら、先生がお姉さんのこと憶えてたんだよ。警察から連絡があった患者さんだから、記憶に残ってたそうなんだ」

警察は通院記録を調べただけだと思っていたが、ちゃんと病院にも問い合わせていたらしい。だが、守秘義務があるので、その先生は警察になにも話さなかったそうだ。

「で、その先生がね、妹さんに伝えたいことがあるって言うんだ。僕は教えてもらえなかったけど、自分の心に留めておくには重いし、事故と関係があるかもしれないって」

その先生はずっと気に病んでいたらしい。今も姉が意識不明だと聞いて、黙っていられなくなったのではないかと中野は言った。

「それで僕が宮下さんと知り合いならって、伝言頼まれたんだ。身元を証明するのに、当時お姉さんにきた医療費のお知らせあるかな？　それを持ってたら、妹だって認められるから話したいそうだよ」

健康保険の協会から定期的に届く医療費のお知らせには、かかった病院の名前と金額の記録がある。姉の事故後に届いたそれは、なにかの証拠になるのではと大切に保存していた。

「はい、それならあります。すぐに出せます」

だったら今日にでも会えるけど、という中野にうなずいて、居間の茶箪笥《たんす》を振り返った。祖母が嫁入り道具で持ってきたという古い茶箪笥の抽斗《ひきだし》に、そういう大切なものはしまっている。他にも姉の事故関係の書類を入れていた。

その中から医療費のお知らせを取り出し、ふと茶箪笥のガラス戸を見て固まった。暗く陰になったガラスに、茉莉の湯飲みに粉末状のなにかを入れる中野が写っていた。

息をのんで振り返り、こわばった顔の中野と目が合う。

「なに、を……？」

「見られたか」

中野が口元をゆがめ、出口をふさぐように立つ。玄関からは逃げられない。とっさに後ろ手で雪見障子を開き、縁側から庭へ飛び出そうとして肩になにかがぶつかった。

「おっと、久しぶりだね宮下さん」

「え、なんで……茂木さん？」

やつれた感じの茂木が、スーツ姿で立っていた。

驚いて動けなくなった数秒のうちに、背中から抱えられ拘束される。庭に続くガラス戸が開いているのが見えた。昨晩、鍵をしめ忘れたのかもしれない。

中野をみるが驚いてもいない。二人は顔見知り……というか、グルだ。涼風の電話を思い出して青ざめる。中野が住所を知っていたのは、そういうことだったのだ。

「じゃあ……さっきの話って」

「嘘だよ。君を油断させて薬で自由を奪って、この家をもう一度物色したかったんだ。それと口封じするのに、君の弱みを作ろうかと思って」

茂木の視線がいやらしく茉莉の体の上を撫でる。どう弱みを作って口封じするのか、それだけでよくわかった。

気持ち悪さと助けを呼ぶために叫び声を上げようとしたが、一瞬遅く。手で口をふさがれる。縁側に出てきた中野が、雨が吹き込んでくるガラス戸を慌てて閉めた。

「叫んでも無駄だよ。こんな大雨だし。ご近所さんも、みんなでかけてるみたいだね。確認してきたから」

そう言うと、あっさりと口を解放してくれた。

茂木は一軒一軒回って在宅か確認してきたらしい。スーツ姿なのは、怪しまれないためだ。

「宮下さんって、俺の好みなんだよね。この間は失敗して残念だった。浅見さんと一緒に楽しもうと思ってたのに」

「どういうことですか？　もしかして、あのときも口封じ目的で？」

「そうだよ。君がMRになんてなるから。もしかしたら、お姉さんの事故について調べようとしてるんじゃないかって思って」

そう話しながら、茂木は茉莉の腕を後ろに回し、ネクタイで縛り上げる。意外に力が強くて、逃げられなかった。

「確証はなかったけど、早いうちに不安の芽は摘んでおこうと思ってね」

「それって……姉の事故について茂木さんたちが関わっているってことですか？」

中野と茂木の関係はと考えて、あの夜を思い出す。

「もしかして三年前のハロウィンパーティーで、中野先輩と友達が紹介してくれる予定だった人って……」

「そう、俺だよ」

中野を見ると無言で目をそらされる。

「事故の前に、お姉さんから大事な話があるって言われたんだろう。あと渡すものがあるって。それが俺たちには必要でね、君がありかを知らないとしても、手がかりは知ってるんじゃないかなって思ったんだ」

茂木たちにとって必要なものというのは、犯罪の証拠らしい。

ついでに空き巣に入ったのも自分たちだと茂木は言った。それで見つからなかったから、茉莉に目をつけた。事故のことを不審に思っているのも目障りだったらしい。

「じゃあ、あのときから私は狙われて……」

「ははっ、今頃気づいたの？　こんなことなら余計なことをしなければよかった。そうしたら俺のキャリアもまだ続いてたかもしれないのに」

くそっ、と茂木は吐き捨てると茉莉を引きずって、隣の客間の襖を開いた。そこに敷いたままだった布団に突き飛ばす。

「さて、どうしようかな？　このぶんじゃ素直に薬は飲んでくれないよね。ぎゃあぎゃあ騒がれると萎えるんだよね。注射器とか持ってないの？」

楽しげな茂木にぞっとする。持ってきてないと平然と応える中野も怖かった。二人の間では、他人に薬物を飲ませたり注射するのはありふれたことなのだ。

目の前に立つ茂木から距離をとろうと、布団の上で後退さる。ごつん、と尻に硬いものが当たった。スマートフォンだ。

「仕方ない。じゃあ、なにか口をふさげるもの……」

茂木が踵を返して部屋を見回したそのとき、インターホンが鳴った。

「助けてっ！　助けてくださいっ！」

近所には聞こえなくても、玄関先になら声が届くと思い、力いっぱい叫ぶ。だが、すぐに横っ面を殴られ口を手でふさがれた。

外で「大丈夫ですか？」と驚く声が聞こえた。

「ふざけんなっ……大人しくしてろ！　おい、中野。適当に誤魔化してこい」

あせったように命令する茂木に、中野は素直に従う。茉莉は痛みに顔をゆがめてそれを見送りながら、さっき手にしたスマートフォンをズボンの尻ポケットに突っ込んだ。イライラしている茂木は気づいていない。

中野は玄関を開け、大音量で映画を見ていたと言い訳して、宅配便業者を帰す声が聞こえた。手に小包を持って戻ってきた。

「なんだそれは？」

「匿名配送ですね。フリマとかの買い物でしょう」

そんなものを買った憶えはなかったので、政臣の荷物だろう。茂木は宛名を見て、さっと青ざめた。

「お前、あの黒木病院の跡取りと同棲してるのか？」

睨みつけてくる茂木に返事をするのも面倒で視線をそらす。

「おい、ここにはいられないぞ。医者が忙しいっていっても、男がいつ帰ってくるかわからないのは面倒だ。場所を変えよう」

二人は茉莉にタオルで猿ぐつわを嚙ませ、足首も縛って布団でくるんで抱え上げた。なにも見えなかったが、勝手口のドアが閉まる音が聞こえた。家の裏手に車を止めていたのだろう。中に押し込まれるとすぐに発進した気配がした。

そうして連れてこられたどこかのマンションの一室で、やっと布団をはがされた。ソファに降ろされた茉莉があたりを見回すと、キッチンから浅見が文句を言いながら出てきた。さっき車中で電話していた相手は浅見で、ここは彼の家らしい。

「まったくなんて面倒事を持ち込むんだ！」

「アンタだって散々楽しんだだろう。共犯じゃないか」

馬鹿にしたように笑う茂木に、浅見がわめき散らしている。中野は二人を仲裁しながらオーディオのスイッチを入れ、ボリュームを大きめにしてクラシックを流す。万が一、外に怒鳴り合いの内容が漏れないように配慮しているようだった。

縛られた手をついて茉莉がソファに起きあがると、尻ポケットでスマートフォンが振動した。三人は言い合いをしていて、こちらを見ていない。音楽と雨音のおかげで着信のバイブ音もわからなかった。

チャンスだ。どうやって外部に助けを求めようかと悩んでいた茉莉は、ポケットからスマートフォンを出して画面を見る。政臣からだった。

うっかり泣きそうになる。追い出しておきながら、助けを求めて最初に思い浮かんだのが彼だった。

通話をタップし、マイクが部屋の中に向くようにして、ソファの背もたれの下にある隙間に押し込んだ。

　彼らの言い合いが政臣に聞こえ、この場所がわかるヒントでも伝わりますようにと願って目を閉じた。

＊

「なに、この世の終わりみたいな空気出してんの？」

　いつもより遅くなった昼休憩。専攻医室にちょうど誰もいないのをいいことに、自席でスマートフォンの画面を凝視して頭を抱えていた。そこに、さらに遅い昼休憩になったらしい野本が、また食堂のトレイを持って現れた。

「どうしたの？　お昼ご飯食べた？」

「たぶん食べてないです……」

　そのへんの記憶は曖昧だし、そもそも朝食をとっていなかった。

　野本は政臣の隣、別の専攻医の席の荷物をどけてトレイを置き、勝手に座った。休憩所のソファにいけばいいのに、どうも政臣にからむのが好きらしい。

「たぶんって、大丈夫？　食べた記憶もないとか、働きすぎて認知症？　でも、今日ってちょっと暇だよね。天気悪いから」

　雨粒が打ち付ける窓に野本が視線をやる。明け方からぱらぱらと降り出した雨は、今やけっこうな雨脚になっていた。

大雨で徒歩の外来患者が少ないおかげか、上の空でもなんとか失敗せずに診察でき、政臣は助かっている。その代わり、茉莉のことを考えてしまう時間が余計にある。

空き時間もいつもより多いせいで、気づいたら一時間ごとにトークメッセージを送っていた。寝ているのを邪魔するだけなのに、やめられない。そして既読がつかないことに、一時間ごとにへこんでいる。

だが、やっと既読がついても、返事がないことに今度は悶々とする。

いい歳してなにをしているのだろう。情けない。他人が同じことをしていたら、馬鹿だなと冷たい視線をおくるだろう。

そうとわかっているのに、こと茉莉関係になると自制がきかなくなる。コントロールできない感情に振り回され、自分が自分でなくなっていくのが嫌だ。それでも茉莉を嫌いになれず、むしろ年々好きになっていくのだから、手に負えない。

「それで、なにを悩んでるわけ？」

野本はパックの乳酸飲料を飲みながら、真っ暗になったスマートフォンの画面をのぞいてくる。どこか気の抜けた物言いに、ぽろりと弱音がこぼれたのは仕方のないことだった。

「やっと既読がついたが返信がない……」

「うっわー……御曹司様ともあろう方が、小さいことで悩んでる」

「うるさい。本気なんです」

唸《うな》るような低い声に、身を乗り出していた野本が体を背もたれに戻す。

「……マジか」

政臣の本気を感じて、さすがの野本も黙り込む。しばらく、もそもそと食事をしていたが、やっぱり我慢できなくなってきたのか口を開いた。

「ところで聞いていい？　いつから好きなの？」

「……茉莉が小学生の頃からです」

やけくそで返答する。隠すのも面倒だった。

「え、待って……何歳差？」

「五歳」

「ええー、十代で五歳差はマズくない？　ああでも、手を出してなきゃいいのか。想うだけなら自由だよね」

野本の言葉が胸に痛い。

「……今は釣り合いとれる年齢だから問題ありません」

「まあ、そうだけど。意外に純愛だったんだ」

感心したように、うんうんと野本がうなずく。正直、完全な純愛だったならこんなことにはなっていない。

茉莉は子供の頃から健気で可愛いかった。まだ親に甘えたい年頃で両親を失い、祖父母の家に引っ越して転校もした。環境ががらっと変わってしまったのに、我が侭も言わずに仕事をする祖父母や姉に代わってよく家のことをしていた。小学生にはすぎた家事を黙ってこなし、学校の友達と遊ぶ時間も塾に通う余裕もなかった。

そのせいなのか学校では話題が合わず、虐めとまではいかないが、浮いているようだった。茉莉は誰にもそのことを言っていないので、彼女の様子や会話から政臣が推測しただけだが、自分とばかり遊んでいたのがその証拠だろう。一緒に行った花火大会にしても、誘ってくれる友達がいなかったのだ。

いろいろあって疎遠になってからも、皐月を通して茉莉のことは知っていたし、たまに隠れて様子を見に行っていた。要するにストーカーだ。偶然をよそおって会いにも行った。皐月に見つかって、さんざん嫌みと文句を言われたが、月一の頻度でわざと顔を合わせに行っていたのは秘密だ。

茉莉は中学も高校も家のことに追われ、部活動も放課後遊ぶこともしてこなかった。祖父が亡くなって、祖母が病気になってからは、そこに介護も加わった。皐月ももちろん手伝っていたが、彼女は仕事と家計を回すことで手いっぱいだった。

そして、やっと祖母の介護が終わった頃に、皐月の事故だ。

茉莉はそんな苦労を他人には見せず、淡々と生活し文句も言わずに世話をする。普通の人ならとっくに心が折れている。

病院を身近なものとして育ち、医者の道を選んだ政臣は、家族の介護に疲れて精神を病む人や逃げ出す人をたくさん見てきた。だからこそ、茉莉の静謐《せいひつ》な強さが尊くて愛しい。

そんな彼女を守りたいと思っていたのに、どうしてこうなってしまったのか。最初に無理やり抱いてしまったのが間違いだったのは承知しているが、あれは政臣にとっても不可抗力だった。

いや、わざと本能に抵抗しなかった面もある。茉莉が別の男のものであるのが耐えられなくて、欲望を抑えきれなかったのだ。

昨晩も、彼氏を作ると言われて動揺した。体の関係ができる前なら、まだ我慢もできた。けれど一度手に入れてしまってからは、独占欲にも歯止めがきかなくなった。自分以外の男が、指一本でも触れたら許せない。いやらしい視線で茉莉を見るのも、目をえぐってやりたくなるほどの激情にかられる。

だが、体だけの関係だと思っている茉莉からしたら、そんな政臣の気持ちは関係ない。彼氏を作ろうと考えるくらいに、自分は軽い存在なのだ。

たまらなくなった。愛しいのに憎らしくて、このまま閉じ込めてやりたい。

今朝、あんなふうに泣かれるとは思わなかった。ひどく怯えて泣く様は儚《はかな》げで、抱きしめたかった。なぜ抱くのか政臣に答えを求め、怒りをぶつけてきた。

初めて抱いたときだって、あんな泣き方はしなかった。どんな苦労も当たり前の日常のように受け入れ、逃げずにこなしてきた茉莉が、まるで小さな子供みたいに癇癪《かんしゃく》を起こした。あんな姿を見たのは初めてだった。

追いつめたのは政臣だ。こちらの都合で、ずっと耐えさせてきた。

「なああ、いっそ電話してみたら？　玉砕するかもしれないけど、返事こなくて悶々とし続けるよりいいかもよ」

「面白がってますよね。それにもう嫌いって言われて玉砕しました」

嫌いだと言われたのも初めてだった。今までだってさんざんなことをしてきたのに、茉莉は決定的に拒絶する言葉をぶつけてはこなかった。

嫌がりながらも、最後は政臣を受け入れ気持ちよさそうに鳴く。愛撫にもよく濡れて、腕の中で妖艶に乱れて欲しがる。もしかして愛されているのではと、何度錯覚したことか。

他にも、優しくすればお礼を言うし、視線をそらしてはにかむ。一緒に暮らしてからは、政臣のぶんの洗濯物まで畳んだり、休みの日には布団を干していた。しなくていいのに。肉体関係を強要している男のことなんて、もっとぞんざいにしていい。嫌悪感をあらわにしたっていいのに、この三年、茉莉はそんな態度を見せることはなかった。

だから勘違いしてしまいたくなる。好かれているのではと。

そういえば、初めて「気持ち悪い」とも言われた。

思い出して、再び胸がえぐられる。呻いて机に突っ伏すと、野本の哀れむ声が降ってきた。

「政臣先生を振って、ここまで苦悩させるとは……彼女小悪魔かなにか？」

最後に、信じてたし好きだったと言うあたり、たしかに小悪魔っぽいが、残念ながら天然だ。「好きだった」ということは過去形で、体の関係になる前は好かれていたのかと思うと、のたうち回りたくなるほどつらい。しかし、昔から顔見知りの頼りになる近所のお兄ちゃんに対しての好意なだけかもしれない。

「やっぱ電話してみたら？　仕事中で連絡できなかったとか、そういうのわかるだけでも落ち着くし。今の時間って、ＭＲさんたちのお昼時間だよね」

ＭＲは午前の診察時間が終わってから病院訪問をするので、だいたいお昼をとるのは二時過ぎになる。

本当は、今日は出勤せず家にいるなんて言えるわけもない。だが、電話をしてもいい頃合いかもしれない。既読がついたということは、目は覚ましたのだろう。

政臣は起きあがるとスマートフォンを手に取る。

「おっ、やっとやる気になったか」

横からのぞき込む野本が、他人事だと思って楽しそうだ。

ロック解除をして、ホーム画面に追加した茉莉の電話番号のアイコンをタップする。

体調を確認するだけだ。医者として心配しているのだ。そういう体裁で電話をするなら、茉莉も無碍に拒絶はしないはず。と、思いたい。

しばらくコール音が続き、通話に切り替わる。切断されなかったことに胸をなで下ろし、言葉を発しようとして緊張した。電話の向こうの様子がおかしい。

クラシック音楽と男たちの怒鳴り合う声が聞こえる。そのうちの一人の声に聞き覚えがあり、体中の血の気が引いていく。

「どうしたの？」

青い顔をする政臣を心配して、野本が身を乗り出す。静かにするよう唇に指を立て、耳から離したスマートフォンをスピーカーにして通話の録音をタップした。

『だから妹まで手を出すのは危険じゃないかって言ったんだ』

『仕方ないだろ。こいつが嗅ぎ回ってるみたいだったから用心するにこしたことはないと……アンタだって乗り気だったじゃないか』

『まだあのときは貴様もMRで悪事がバレてなかったからだ！　だが今は貴様のしてきたことがバレて、いつこっちに疑いがかかるか』

これは茂木と浅見だろう。会話からあたりをつける。もう一人、小声で聞き取りづらいが、たまに仲裁に入るのが中野ではないか。

『疑いって、やることとやったんだから同罪だろうが！　なんで俺だけこんな目に！』

『そもそもお前が彼女の姉を殺そうとしたせいだ！』

『俺は殺そうとなんてしてない！　いつも通り、弱味をにぎって口封じしようとしただけだ』

物騒なやりとりに、一緒に聞いていた野本も青ざめ、どういうことだと政臣に目で問うてくる。それには応えず、足下に置いていた鞄から私物のタブレットを取り出した。

タブレットにインストールしている、GPS追跡アプリを立ち上げる。茉莉のスマートフォンにも密かにインストールして、心配なときなどに起動して位置確認をしていた。

「え……それ同意……じゃなさそうだね」

よどみなく位置検索をする政臣に、野本は若干引き気味だ。政臣の悩みも聞いてたので、GPS追跡アプリが同意でないことを察したようだ。

その間にも、電話の会話は不穏になっていく。

『二人とも落ち着いてください……それより彼女、どうしますか？』

『こうなったら、脅せる材料を作るしかないだろう。さらってくるなんて、面倒なことしやがって』

『浅見さん、ここに注射器と薬ある？　いっそ薬漬けにしちゃうのも手だよね』

茂木の言葉に吐き気がしてきた。だが、名前を出してくれたのは幸いだ。いい証拠になる。

「おい……まさか彼女、誘拐監禁されてるのか？」

察しのいい野本が顔をこわばらせる。

「ここだ……」

やっと位置が特定された。タブレットの画面に表示された地図の中心で、現在地を示す青い丸が点滅する。タップすると住所が表示された。

「これ、マンションだな。位置はわかっても部屋までしぼるのは難儀だぞ。浅見とかいうやつが表札出してくれてたらいいけど……」

「それなら心配いりません」

鞄から、今度は書類封筒を出す。調査会社からの素行調査の報告書だ。熊沢病院に浅見がいるとわかってから、すぐに調べさせた。そこに住所も部屋番号も乗っている。

「これだ……住所も同じで、部屋は７０２号」

「なんでこんな報告書……怖すぎ」

ＧＰＳ追跡についで、野本がどん引きしているがどうでもいい。こうして役に立ったのだから、調べておいてよかった。

「野本さん、この住所を警察に知らせてください。俺は車で向かいますんで、あとよろしくお願いします」

「わかった。任せろ！」

報告書を野本に押しつけ、タブレットとスマートフォンを持って専攻医室を飛び出す。

録音しているスマホの向こうでは、吐き気がするような会話がいまだ続き、口をふさがれているらしい茉莉の、嫌がるような呻き声が聞こえる。

到着するまで無事であってくれと祈りながら、車を発進した。

10

病院で検査と治療をされ、警察署で事情聴取を受けて外に出たら真っ暗だった。警察署のエントランスを出て見上げた月は満月で、ふちが淡くぼやけていた。茂木たちが自宅にきたとき激しく降っていた雨は、霧のような水滴がたまに顔を撫でるぐらいで、傘は必要ない。

「……どうやって帰ろう」

格好は誘拐されたときの部屋着だ。破かれたりしなくてよかったが、夜道では少し肌寒い。現金もなく、持っているのはスマートフォンだけ。スマホ決済ができるので、タクシーには乗れる。少し遠いが、ここからなら歩いても帰宅できるだろう。

「それにしても疲れたなぁ」

緊張感がやっとほどけ、どっと体が重くなってきた。

濃密な一日だった。いや、昨晩から怒濤《どとう》のようだった。政臣と喧嘩して、抱かれて、追い出して。中野がやってきたら実は茂木とグルで、浅見のマンションに誘拐され強姦《ごうかん》されかけた。

彼らは、茉莉を脅す材料を作るために、まず撮影機材の準備を始めた。茂木の車から運んできたので、普段からそういうことをしていたのだろう。警察もこれで金銭を得ていた可能性があると言っていた。

その準備が整うと、茉莉になにかわからない薬を打とうとしてきた。薬漬けにするとか話していたのを聞いていたので、絶対に打たれては駄目だと思って暴れた。縛られていた上に男三人がかりだったので、駄目かと思ったが、極限になると人間はありえない力が出るらしい。足を縛っていた紐が緩んだのもよかった。

圧しかかっていた茂木の股間を蹴り上げ、慌てる中野に体当たりした。だが、浅見にひっぱたかれてソファに引きずり戻された。

これはもう駄目かと思ったとき、バルコニーのほうでドオンッと大きな音が響きわたった。なにが起きたのかと、みんなの動きが止まったすぐあと、吐き出し窓が外側から叩き割られ、白衣の政臣が入ってきた。その手にはバットが握られていて、愕然とする浅見の腹に躊躇《ちゅうちょ》なく膝蹴りを決め、次に茂木、中野の順番で一撃にしとめて失神させていった。

そういえば政臣は子供の頃から格闘技を習っていたなと、その手際のよさを呆然と見つめた。しかも医者だけあって、失神させた彼らの怪我の度合いを確認し、大丈夫だと判断してから茉莉に駆け寄ってきた。

その頃には外が騒がしくなり、警察と救急車が到着した。部屋に警察が踏み込んでくるまで、政臣は無言でずっと茉莉を抱きしめていた。茉莉も言葉が思いつかなくて、目を閉じて身を任せた。

それからあとは、ばたばたして政臣と話す隙もなかった。別々に連れて行かれ、事情聴取を受けた。治療や検査がなかったたぶん政臣のほうが早く解放され、今頃、病院で事情を説明しているのかもしれない。

茉莉は夜空を見上げ、息を吐いた。歩いて帰ろうかとも思ったが、疲れ切っていてそんな気にもなれない。タクシーを呼ぶのも面倒に感じて、ちょっと途方に暮れた。いろいろありすぎて脳のメモリが足りなくなっている。

二度目の溜め息をついてうつむくと、こちらに向かって走ってくる足音が聞こえた。

「茉莉！　よかった、行き違いにならなくて」

「政臣……」

「そろそろ事情聴取が終わるって警察に聞いて、迎えにきた」

肩に、ふわりとコートをかけられる。政臣のもので、茉莉が袖を通すとだぼだぼだった。

「ありがとう」

「寒いだろ。車で家まで送る」

「……うん」

先に歩き出した政臣のあとを、とぼとぼと追いかける。なぜだか右側が少し寒い。

ああ、そうか……。

政臣はいつも右側に並んで歩いていた。人目がなければ、肩や腰を抱いて身を寄せてくる。その温もりが遠い。

車までくると、政臣は後部座席のドアを開けて茉莉を乗せた。彼の車に乗ることはあまりなかったけれど、いつも当たり前のように助手席に座らされた。なのに今は違う。

わざととられた距離感に、胸が苦しくなる。

ふと、助手席に視線をやると大きな鞄が置かれている。政臣が茉莉の家に持ち込んだ荷物の中にあったものだ。まさか、と後ろを振り返るとラゲッジスペースには、客間にあったダンボールが詰め込まれていた。

嫌な予感に胸がきしんだ。

「今まで居座って、悪かった。でも、もう心配なさそうだから、出ていくよ」

そう言うと政臣はゆっくりと車を発進させた。茉莉の頭の中は真っ白で、じわじわと強くなってくる胸の締め付けに息が浅くなる。

なんで忘れていたのだろう。政臣が一緒に暮らすきっかけになったのは、熊沢病院で茉莉が浅見を見かけたことからだった。政臣が茉莉と暮らしたくて押し掛けてきたのではなく、監視するためだと言っていたではないか。

きっとあの頃にはもう、浅見や茂木、中野たちの繋がりをわかっていたのだろう。だから茉莉を心配して、守るために家にきた。なにかあったら、姉に顔向けできないとも言っていた。

茂木たちが捕まり、もう危険がないとわかったら一緒にいる意味なんてない。それだけの関係だったのだ。

しんと静まり返った車内の空気は重く冷たくて、政臣に聞きたいことがたくさんあるのに、一つも言葉にできなかった。唇も喉も凍りついたように動かない。ショックを受けているのだとやっと理解したのは、車が宮下家の玄関に着いてからだった。

ぼんやりと座り込んでいると、政臣が後部座席のドアを開けてくれた。降りたくなかった。

「茉莉？」

「……ううん。なんでもない」

少しよろけながら車から降りる。すぐ近くにいるのに、政臣は指一本触れてこない。前なら、すぐに手を差し出してきた。過保護なぐらい、いつも茉莉を守ろうとしてくれていた。

これからはもう、そういうことはないのかもしれない。

すうっと意識が落下していくような感覚がした。気持ちが悪い。

玄関の鍵を回す手が震える。無事に家の中に入るのを見届けようと、背後にはまだ政臣の気配がある。そういうところは、前のままだ。無性に切なくなる。

まだ離れたくない。この玄関を開けたら、もう一生、政臣には会えなくなるような気がした。

「ねえ、お茶でも飲んでく？　送ってもらったし」

開きかけた玄関を閉じ、振り返る。すがるように政臣を見上げていた。

「いや……いいよ。気遣ってくれなくていい。俺を家に上げるのは怖いだろう」

「ちがっ……」

苦笑する政臣に、なんて言ったらいいのだろう。今朝、気持ち悪いと言ったせいだ。怯えているように見られたのかもしれない。

「そうだ。これ返すの、忘れるところだった」

はっとしたように、政臣がズボンのポケットから合い鍵を出す。今まで何度言っても返してくれなかった、勝手に作られた合い鍵だ。

いらない。返さないでほしい。

歩み寄ってくる政臣を嫌がるように、体が引く。それを見て、政臣の笑みが悲しそうにゆがむ。

「そんな警戒しなくても、もうなにもしない。大丈夫だから、受け取ってくれ」

そう言われても体は動かなかった。なにか言わないとと思うのに、頭の中はぐちゃぐちゃで言葉にならない。

うつむいてずっと無言でいたら、ふっと息を吐く気配がして、政臣が一歩距離をつめてきた。

「茉莉……嫌だろうけど、最後に少しだけ我慢してくれないか?」

返事なんて聞く気はなかったのだろう。いつもの強引さで抱き寄せられ、腕の中に閉じ込められていた。

「好きだ。お前のことを、ずっと好きだった」

茉莉はあまりの驚きに目を見開く。聞き間違いかと思った。

けれど、体を少し離してこちらを見下ろしてきた政臣の目はとても真剣で、切なげに細められていた。

「これが、茉莉が今朝ほしがってた答えだ。無理やり抱いたのも脅迫したのも、好きで好きでたまらなかったからだ」

「な……なんで？」

意味がわからなくて震えるように首を振る。そんな茉莉の頬を、政臣は愛しげに指先で撫でた。

「大学生だった茉莉に、恋人がいるのは知っていた。のたうち回りたいほど嫉妬して、邪魔してやりたかった。あの夜、怪しげなハロウィンパーティーにどうしても行くと、言うことを聞いてくれなくて腹が立った。彼氏がいるのに、そういう場所で男でも漁りたいのかって。それなら相手は俺でもいいじゃないかと思ったんだ」

だから襲った。無理やり抱いたのだと、政臣は暗い目をして告白した。

「抱いてみたら、お前は処女で。なのに、ひどいことをしてしまったという罪悪感よりも、悦びのほうが大きかった。これで茉莉は俺だけのものだと、もう誰にも渡さないと思ったんだ」

甘い低音が、茉莉を包み込むように耳に響く。にじみ出る独占欲と、恋いこがれるような視線に射すくめられ、体が震えた。

「だから脅した。強姦した俺のことなんて怖くて嫌だろう。今さら好きだと言っても気持ち悪がられる。振られて逃げられるぐらいなら、絶対に逃げられないようにしてしまおう。心は無理でも、体だけは手に入れようと決めた。そういうことだ」

政臣の顔が下りてきて、かすめるように唇を奪った。

「好きだ。愛してる……誰よりも、お前だけを」

ぎゅっときつく抱きしめられる。腰と背中に回った腕が小刻みに震えていて、すがりつかれているようだった。

「政臣……っ」

どうしよう。なにか言わなくてはと思うのに気が急くばかりで、なにも声にならない。告白のすべてが衝撃的すぎて、信じていいかもわからない。

戸惑っている間に体温が離れていき、政臣が背後の玄関を開いた。

「寒いから、もう家に入ったほうがいい。ちゃんと戸締まりして、温かくして寝ろよ。じゃーな」

ぽん、と肩を押されて玄関の中に押し込まれる。コートのポケットに、すとんっと重みが増したのに気を取られているうちに玄関は閉まった。

茉莉はその場に呆然と立ち尽くし、去っていく車の音を聞いた。のろのろと手をポケッ

トに入れると、ひやりとした感触がした。

姉の鍵から作られた合い鍵。まるで姉の分身ようだった。

玄関のガラス窓から差し込む月明かりを、鈍く反射する。その淡い銀色が目に痛くて、なぜか責められているように感じられて、茉莉は胸にわいた悦びをそっと押し殺した。


大晦日の病院は、当たり前だがとても静かだ。医師も看護師も数が少なく、見舞い客もあまりいない。たまに救急に駆け込んでくる患者が騒がしいぐらいだ。

入院患者の面会時間がすぎれば、入院棟は静寂に包まれる。

茉莉は姉の部屋にいた。本当はこの時間に病室を見舞ってはいけないのだが、病院側の好意でここで年越しをさせてもらっている。

外はもう真っ暗で、あと数時間したら年が明ける。朋美もいる。帰省したらどうかと毎年勧めるが、彼女は頑なに姉の傍を離れない。

夜なので枕元の電気をつけるだけにして、ベッドの横の棚に鏡餅と正月飾りを置いた。姉の病院着も新品で、綺麗に髪を整え、薄くメイクもした。

ここ三年、大晦日から新年にかけて、いつもこの病室で朋美とともに祝っている。それと政臣も。でも、今年はまだ顔を見せない。

来ないつもりだろうか。

政臣の告白からずいぶんたった。あれから、茉莉はＭＲ認定試験の勉強と仕事に追われ、余裕がほぼなくなった。姉の病室を見舞うのも週末だけになり、朋美に迷惑をかけた。同じ時期、政臣も多忙を極めていたらしい。朋美に聞いた話だが、ほとんど仮眠室に寝泊まりしていたそうだ。

当然、二人は顔を合わせていない。連絡もとっていなかった。

警察からの事情聴取も何度かあったが、呼び出された警察署で政臣と会うこともなく、日々はあっという間にすぎていった。

その事情聴取の中で、いろいろ知ることがあった。茉莉を担当してくれた刑事は、定年間際の話し好きな男性だった。

誘拐された茉莉の監禁場所がわかったのは、政臣がインストールしていたアプリのおかげだと教えてくれた。カップルで相互に位置情報を確認するものだという。

『アプリをお互いに入れていて役に立ったね。彼氏に感謝だね』

なんて暢気に言われて、否定するのも面倒なので曖昧に笑い返した。

GPS追跡アプリのインストールを許可したこともないし、入っているのも知らなかった。それに彼氏でもない。

きっと病院の物置で抱かれたときに入れられたのだろう。だからトラットリアで茂木に薬を盛られた日、政臣は迷うことなく現場に駆けつけられたのだ。

政臣は前からあの三人を怪しいと踏んでいて、調査会社に素行調査を依頼していたのだと刑事は言っていた。浅見の住所も調べてあったので、マンションの部屋も特定できていたから踏み込めたそうだ。政臣は繋がったままのスマホの通話内容を隣の住人に聞かせ、説得。避難経路に使うバルコニーの蹴破り戸を壊して進入してきたという。手に持っていたバットは、隣人の孫のものらしい。

逮捕された三人は罪を認め、余罪についても供述しているそうだ。ただ、茂木は姉を事故にあわせる気はなかったし、飲ませる予定の薬は盗まれたので殺そうとしていないと、今もその一点だけは否認している。認めたら、殺人罪に問われるからだろう。

それから、茉莉の営業所で働いていた事務の佐々木も、共犯として逮捕された。他にも営業所内での窃盗でも捕まり、盗まれたものがいろいろ出てきた。涼風がないと言っていたボールペンもその中にあった。

彼女は皐月のロッカーから保険証を盗み、皐月を装って熊沢病院の精神科に通院したことと、そのときの診察券と薬を、保険証をロッカーに戻すとき一緒に入れたことを認めた。精神科で担当したのは浅見で、彼はすべてわかっていて姉の名前で診断書を作り薬を処方し、事故に見せかける手伝いをした。

『中野は大学生の頃から茂木と関係があったみたいでね、インカレのパーティーで違法ドラッグの売買をしていたらしいよ』

そう言った刑事の話によると、中野の実家は薬局で、その在庫を盗んでは薬を調合して違法ドラッグを作っていたそうだ。薬を使うより作るのが趣味で、出来上がったものをネットの闇サイトで売りさばいていた。それをたまたま見つけたのが金に困っていた茂木で、半ば中野を脅すようにして手を組んだ。人集めと口が上手い茂木は違法ドラッグの販路を広げ、知り合いの学生にインカレサークルを立ち上げさせ、そこでサプリメントとして配布した。

『なんでも、貧血にきくとか痩せるサプリだとか言って配布して、ハマった子たちに売ってたんだってね』

怖いねぇ、と続ける刑事に茉莉は震えそうになる声を落ち着かせて、なんというインカレサークルなのか聞いた。返ってきたのは、あの夜、茉莉が参加しようとしていたハロウィンパーティーを主催していたサークルだった。

すべてが繋がり、ショックで呆然とした。茉莉もサプリメントをもらっていた。それを政臣は誤って飲んだ。

刑事はセックスドラッグもあったと言い、それが興奮を引き出し性欲を抑えられなくするもので、中野が開発したらしいと続けた。茉莉の動揺には気づかず、インカレサークルがそのあと摘発されたこと、大物政治家の息子が混じっていたせいで報道では取り上げられず、主犯格については隠蔽《いんぺい》されてしまったことまでしゃべった。

摘発されたのはあのハロウィンパーティーの直後で、匿名の通報があったからだそうだ。茉莉にサプリメントをくれた友達が大学を辞めて行方がわからなくなったのは、逮捕されたからなのかもしれない。今となっては確かめるすべはないが、彼女も茂木たちの仲間だったのだろう。

もしかしたら、匿名での通報は政臣だったのかもしれない。彼は、自分がなにを誤って飲んだのか気づいていたはずだ。なのに、茉莉を襲った言い訳をしなかった。告白してくれたときもだ。

好きだから、愛しているから、自分をコントロールできなくなったとしか言わなかった。なんで教えてくれなかったのだろう。普通の状態ではなかったと。あのサプリメントのせいだったと。

だが、それを知ったら茉莉は絶対に自分を責める。政臣に罪を犯させ、姉まで裏切らせてしまったと悩んだはずだ。

そうならないよう、脅迫してくれたのかもしれない。そして好きで抱きたかったというのは、本当なのだろう。

政臣に、告白の返事がしたい。

すぐに同じ気持ちだと返せなかったのは、告白にひとかけらの嘘が混じっているのを感じ取ったせいだ。でも、そのひとかけらは、とても優しい嘘だった。

もし、政臣の言っていたことが本当で、姉と恋人関係ではないのなら、この恋になんの障害もないはずだ。

姉はいつ目を覚ますかわからないし、もしかしたらもう駄目かもしれない。担当の医師に、心臓の機能が弱まってきているので、そろそろ難しいかもしれないと言われた。覚悟しておくようにと告げられ、政臣との関係もはっきりさせたいと思った。

このまま姉に捕らわれていたら、茉莉は一生、好きな人に好きと言えないままだ。茉莉を傷つけたと思っている政臣も可哀想だった。

「そろそろ、お蕎麦の準備しましょうか？」

「そうですね。私も手伝います」

テレビを見ながら、姉に話しかけていた朋美が立ち上がる。

この階の給湯室にはコンロがあり、簡単な料理ならできる。使用の許可も取っていた。

朋美に続いて椅子を立つのと同時に、部屋にノックの音が響いて、政臣が顔をのぞかせた。

「あら、いらっしゃい。これから年越し蕎麦を作ろうと思ってたんです。政臣先生も食べていってください」

「いえ……俺はいいです。当直中で、すぐ戻るので」

政臣の視線がこちらに向き、ぶつかった。それを見た朋美は、なにかを察して微笑むと、「じゃあ、私は失礼しますね」と言って部屋を出ていってしまった。

「久しぶり……なに？」

ずっと会って話がしたいと思っていたのに、顔を見ると緊張で呼吸が浅くなり、逃げ出したくなった。

「えっと、ここだとちょっと。隣、今は空き室だから。そっちで話そう」

政臣はちらりとベッドの姉を一瞥した。意識不明とはいえ、聞かれたくない内容なのだろう。茉莉も姉の傍だと落ち着かないので、うなずいた。

隣室は、姉の部屋と同じタイプの個室だった。消灯時間をすぎているので、ベッドのライトだけをつける。

しばらく沈黙が続く。政臣は窓辺で、こちらに背を向けて立っていた。

聞きたいこと、伝えたいことがたくさんある茉莉は、言いにくくなる前にと先に口を開いた。

「あのさ……コート返すの忘れててゴメンね」

本当は違うことを言いたいのに、すぐには勇気が出なかった。振り返った政臣を直視できず、うつむく。

「あと、うちにロボット掃除機忘れてってたでしょ。あれも、返さなきゃって思ってて」

宅配便でもなんでも、返す方法はいくらでもあった。それをしなかったのは、返したら縁が切れてしまう気がしたからだ。直接渡したかった。

GPS追跡アプリだって削除していない。馬鹿だなと思う。

「いいよ、どっちもいらないからもらってくれ。新しいロボット掃除機も買ったから、迷惑なら捨てていい」

「え……あ、そうなんだ」

会う口実を断たれ、なけなしの勇気がしぼむ。なにか次の口実をと思っている間に、政臣がすっとこちらに歩み寄ってきた。

「今日は、これを渡そうと思ってきたんだ」

白衣のポケットから小さな紙袋を取り出し、渡される。反射的に受け取ったそれの口を開いて、中をのぞき込んだ。暗くてよく見えないが、汚れた白い布がビニールの保存袋に入れられている。

「なに、これ？」

「俺が茉莉を強姦した証拠」

びっくりして、紙袋を取り落としそうになる。目をむいて政臣を見上げれば、自嘲するような笑みが返ってきた。

「お前の血と、俺の精液が付着した下着だ。三年前のものだけど、俺が犯行を認めれば、立派な証拠になると思う。だから三年前に強姦され、その後も関係を強要されていたって被害届を出したらいい」

なにを言い出すのか。意味がわからなくて、何度も瞬きした。

「え、ちょっと待って。どういうこと……？」

「俺がお前にしたことは、謝って許されることじゃない。深い傷になってるだろうし、これから他の男と付き合うことになっても引きずるかもしれない。怖くて誰ともセックスする気持ちになれないことだってある」

怖いのとは別の意味で、自分はもう政臣以外とできないかもしれない。あの濃密な交わりと、常に比べてしまうだろう。つい、冷静に分析してしまうのは、あまりにも突拍子もない話だったからだ。

「自分の欲望のために、強姦だけでなく脅迫もした。それを償いたい。もう以前の茉莉には戻れないだろうし、今さらなのはわかってる。でも、なかったことにしていいとは思えないんだ」

言っていることはもっともだが、加害者側からそんな提案をされるなんて思ってもいなかった。

「本当はお前に告白だってしたらいけなかった。好きなら許されるって問題じゃない。告白は卑怯だった。忘れてくれ……」

「そんな……卑怯だなんて思ってないよ」

茉莉は首を振るが、信じていないのか政臣は「いいんだ」と悲しげに返し、今度は名刺を取り出した。

「これ、性犯罪に強い弁護士さん。女性だから相談しやすいと思う。俺は茉莉の訴えなら嘘でもすべて受け入れるつもりだ」

「でも、そんなことしたら医師免許剝奪になるでしょ？　今まで頑張ってきたのに……今、看てる患者さんだってどうするの？」

専攻医であっても、担当している患者がいる。それを放り出し、キャリアまで棒に振るつもりなのか。両親にだって迷惑がかかるだろうと、真っ青になった。

「心配しなくていい。仕事は、なにがあってもいいように整理した。皐月のことも、ここにいられるよう親に頼んである。このことを知れば、うちの親なら茉莉の味方になってくれる。馬鹿息子をかばうような親じゃないから、安心しろ」

そういうことではない、と言いたい。けれど静かに凪《な》いだ政臣の目を見ていたら、決心が固いことが伝わってきて言葉にならなかった。

手の中の紙袋に視線を落とし、唇を嚙んだ。泣いてしまいそうだった。

こんなものがきちんと証拠として残っているということは、三年前のあの夜から、政臣はずっと覚悟していたのだ。キャリアを捨てることも、犯罪者になることも折り込み済みで、茉莉を脅迫してまで傍に居座り続けた。

理由なんて、もうわかっている。政臣は隠しているつもりなのだろうが、あのおしゃべりな刑事がなんでも教えてくれた。

茉莉を守ろうとしていただけだ。

ハロウィンパーティーの夜だって、守られていたのだ。あのままパーティーに行っていたら、どうなっていたか。乱暴されるだけでなく、茉莉も姉と同じように命を狙われたかもしれない。

「あのさ、政臣……」

顔を上げ、視線にぐっと力を入れて政臣を見つめる。

ちゃんと伝えたい。無理やり抱かれて傷ついたけれど、好きだから許していたこと。脅迫されて悲しかったけれど、政臣との関係が続くことにほっとしていたこと。そういう気持ちを、ひとつひとつ話してから、告白の返事をしたい。

茉莉が悩んで傷ついていた間、政臣だって同じように苦悩していたのだ。そして同じように、愛してくれていた。

すぐに言葉を紡ぎ出せなくて深呼吸する茉莉を、政臣は急かせずにじっと待ってくれている。だが、話し出そうとした瞬間、隣室でものが倒れる音と朋美の悲鳴が聞こえた。

「えっ……なに？」

すぐに政臣が部屋を飛び出す。茉莉も遅れて追いかけた。

「なにをするの、やめてっ！」

「うるさいっ！　この女がいなければ！」

姉の病室に駆け込むと、髪を振り乱した女性に朋美がつかみかかっていた。女性の手には注射器が握られている。真っ青になって姉を見ると、酸素マスクが取り外され布団は床に落ちている。

「やめろっ！　なんなんだお前は！」

政臣の声に女性ははっとして顔を上げた。見覚えのある顔だった。

「うそ……っ、やだ！　どうしてここに黒木くんがっ……！」

女性はなにがショックだったのか、顔をゆがませ悲鳴を上げる。その隙に、政臣がすぐさま女性を後ろ手に拘束し注射器を取り上げる。朋美は酸素マスクと布団を直すと、警備員を呼びに外へ走った。

「あなた……ここのクラークの方ですよね？」

取り押さえられ、だらりと頭を下げた女性の首からネームホルダーが垂れ下がる。

五十鈴香。病棟クラークで、MRとして初めてこの病院に訪れたときに会った彼女だ。

「なんで、こんなことを？　姉に、なにか恨みでもあるんですか？」

荒い息づかいに五十鈴の華奢《きゃしゃ》な肩が上下したあと、ひきつった笑い声が上がった。

「恨みですって？　ほんと姉妹そろってムカつくのよ！　アンタ、花火大会のときの子供でしょ！　あんときも私のことバカにして！」

「え……花火大会？」

思い浮かぶのは、政臣と行った花火大会しかない。あの日、同じようにヒステリックな声を聞いた。ぱっと浮かんだのは、気の強そうな目つきと涙ぼくろ。あと、スズカという名前だ。

イスズカオリ、真ん中の部分を抜いて「スズカ」というあだ名だったのか。

ああ、と思わず感心した声を漏らすと、睨みつけられた。

「やっと思い出したのね。私はずっと憶えていたのに失礼よっ！　アンタの姉も私のことを憶えてなかった！　同じ学年で一緒の委員をやってたのに……だから、私の嘘にまんまと騙されて事故ったのよ！」

「事故った……？」

「お前、皐月の事故に関わってるのか！」

声を荒げた政臣に、五十鈴が怯えたような表情を見せる。政臣が好きなのだろう。さっきも犯行を見られたことに狼狽《うろた》えていた。

「おいっ！　どうなんだっ答えろ！」

「わ、私はただ……あいつらの計画を、ちょっと手伝ってあげただけで……」

「あいつら？　茂木たちのことか？」

五十鈴はすがるような目で政臣を見上げる。だが、怒りに火がついた政臣の視線は冷ややかだ。答えろと言うように、五十鈴を拘束する手に力を入れる。

「いたっ……やめてっ、答えるから！　お願い！」

「じゃあ聞くが、お前は茂木たちの仲間なのか？」

「違う。私はただ黒木くんが好きなだけで……」

「そういう話はどうでもいい。仲間じゃないなら、なんで計画を知っていた？」

「電話で話しているのをたまたま聞いて。前からあの女が目障りだったから、チャンスだと思って茂木の鞄から薬を抜き取ったのよ。アイツ、うっかり病院の待合いベンチに鞄置いて電話しにいったから、追いかけて鞄を渡す前にね……」

それから、五十鈴は素直に白状していった。

高校生の頃から政臣のことが好きで、でも告白する勇気はなく片想いをするだけ。そんな中、転校してきてすぐに政臣と仲良くなった皐月が目障りだった。けれどなにもできずに高校を卒業し大学へ進学。一度はあきらめたものの、大学病院に派遣の医療クラークとして入って政臣に再会して運命を感じたそうだ。

けれどその病院に皐月がMRとしてやってくるようになり、政臣と仲良くしているのを見て怒りがわいた。政臣は自分の存在にも気づかず、挨拶しても同じ高校だったことさえ思い出さない。

いつしか皐月が、政臣と自分の仲を邪魔していると妄想してしまったようだ。皐月を排除さえすれば、恋がかなうと信じての犯行だったらしい。

本人は妄想だとは認めないだろうが、彼女の話は願望と嫉妬で彩られていた。一緒に聞いていた政臣も気分が悪いのか、苦々しい顔つきだ。

「あの女が、茂木の被害者を探しているらしいって知ったのは、本当に運が良かった。内密に行動しているつもりだったんでしょうけど、女同士の噂なんてあっという間に広がるからね。だけど、誰も名乗り出なくて苦戦しているみたいだった。だから私が、名乗り出てあげたのよ」

なぜか得意げに五十鈴は顔を上げ、うっとりと語り出した。

「あの日、大学病院に訪問にきたアイツを捕まえて、被害者なんだって話して、夜に会う約束をしたわ。私の顔を見ても名前を言っても思い出しもしなかったのには腹が立ったけど、簡単に引っかかってくれて最高の気分だった」

五十鈴の声が興奮で高くなった。

「夜になって、大学病院の駐車場で落ち合って、あの女の車ででっちあげた被害話をしたわ。そのとき、私が差し入れだって持って行ったコーヒーをなんの疑いもなく飲んでた。

薬が入ってるなんて気づきもしないで！　茂木の犯罪を暴こうとしているのに無防備よね！　笑っちゃう！」

自分が被害者になってどうするのよと言い、五十鈴が高笑いを始めた。

茉莉はがっくりと膝をついて座り込む。姉がそんな理由で殺されかけ、今も昏睡状態なのかと思ったら、怒りよりも虚しさで目の前が涙でにじんだ。こんな身勝手な女の妄想からの犯行に、自分たちは人生を引っかき回されたのかと。

「うるさい！　黙れっ！」

ヒステリックな笑い声に耐えられなくなった政臣が怒鳴ると、五十鈴はとたんに大人しくなった。ぴたりと笑いを引っ込め、また肩と頭をがっくりと落とす。

ひっく、ひっく、と五十鈴がしゃくり上げる不快な音が聞こえてきた頃、朋美が警備員と警察を連れて戻ってきた。五十鈴は泣きながら喚き散らし連行されていった。

事情を聞くために残った警察の相手は政臣してくれた。彼の落ち着いた低い声が病室に響いて、茉莉の気持ちを少しだけ和らげる。

駆けつけた医師が、姉の容態を確認している。酸素マスクを少しの間だけ外されていた。

姉の脈は乱れ、心臓の鼓動が弱くなっているらしい。ベッドの周りの空気が張り詰めていた。

以前なら、これぐらいで容態が不安定になったりしなかった。本当に弱ってきているのだ。

「茉莉ちゃん……座って」

朋美に支えられ、ベッドの傍に置かれた椅子に腰掛ける。見下ろした姉の寝顔は穏やかで、さっきまでの騒ぎなんて聞こえていないようだ。

話しかけてあげてと、朋美や医師に言われる。もう助からないと告げられたみたいで、言葉がなにも思い浮かばない。

話しかけても意味なんてないのではないか。もう、姉は帰ってこないのかもしれない。たくさん話しかけても、茉莉の声なんて届かないのだ。

「おねえ、ちゃん……っ」

ひしゃげた声と一緒に涙がこぼれた。

帰ってきてほしい。聞きたいことがたくさんある。このまま死なれるのは、やっぱり嫌だ。

自分だって政臣がほしくて、五十鈴みたいに姉を邪魔に思ったりしていた。でも、目の前で姉の命が脅かされてわかった。

姉を失いたくない。

ベッドに置かれた姉の手を、ぎゅっと握りしめる。こんなに温かいのに、動かないなんて残酷だ。

「私を……置いてかないでっ……」

ぼろぼろと落ちる涙もそのままに、姉の手を頬に持っていく。目を閉じ、甘えるように手のひらに頬ずりした。

　ぴくり、と頬にあたる指が震えた気がして、息をのんだ。

「お姉ちゃん？」

　酸素マスクの中の空気が、いつもと違うリズムで震えた。まるで、茉莉の名を呼ぶように。

「ま……つ、り……」

　かすかに聞き取れた姉の声。そのあとに、ゆっくりと姉の長い睫毛が震えて持ち上がる。三年振りに茉莉を映したその瞳は、昔と同じ明るく優しい色のまま、愛しげに細められた。

11

姉が奇跡的に目を覚ましてから、あっという間に一年がたった。

「この花、生けてくるね」

窓際の棚にある花瓶を手に取り、姉を振り返る。お見舞いにきていた友達に、なにか買い物を頼んでいたらしい。重そうな紙袋の中をのぞき込んで、茉莉に「いってらっしゃい」と手を振る。

ずいぶんと快復した姉は、現在、黒木総合病院の分院にあたるリハビリテーション専門の入院棟に移った。今度の部屋は、個室だが洗面所はないタイプなので、茉莉は花瓶を持って病室をあとにした。

姉が目覚めてからは、怒濤《どとう》のように忙しくなった。仕事もそうだが、目覚めた姉から事故当日の証言がとれ、五十鈴の罪が確定し、再捜査が始まったからだ。他にも茉莉が誘拐監禁された事件の裁判など、初めてのことばかりで毎日が目まぐるしく過ぎていった。

その合間に仕事の勉強や、姉の介護とリハビリも加わり、帰宅すると夢も見ずに朝までぐっすりと眠りこけるような生活だった。家事の手の抜き方を、政臣から習っていてよかった。置いていってくれたロボット掃除機にも助けられている。

五十鈴が再び姉を殺そうとしたのは、政臣がいつまでたっても自分を迎えにきてくれなかったからだという。ちゃんと抹殺しなかったせいで、皐月に囚われているに違いない。それを取り除いてあげなければ、と使命感に駆られたそうだ。

思い込みの激しい人の考えることは予測がつかない。最初の犯行の時点では、五十鈴はまだ政臣となんの接触もなかった。働いている大学病院が同じだっただけだ。

姉が事故で大学病院に搬送され、昏睡状態との診断を受けたことまでは、五十鈴も知っていたそうだ。だが、転院先までは調べられなかった。そこで、あちこちの病院に派遣の病棟クラークとして就業しながら、姉の入院先を探していたらしい。

そんな中、政臣のいる黒木総合病院で医療クラークを募集しているのをみつけ、病棟担当として就職した。政臣から転院先を聞けるチャンスだと思ったそうだ。

五十鈴は半年ほどは大人しくしていたが、話しかけてくれない政臣にやきもきし、自分をアピールするついでに、直接聞いてみる作戦に出たが失敗。だがある日、入院病棟に入っていく茉莉を見つけて後をつけ、皐月が偽名で入院していることを知ったのだという。

五十鈴が入院先を特定できたのは茂木たちが逮捕された時期だった。警察に目を付けられることを恐れて、病院に人が少なくなる年末年始まで待ったそうだ。まさか茉莉たちが年越ししているとは知らず、ちょうど誰もいなくなった病室に踏み込み、年越し蕎麦の支度を終えて戻ってきた朋美と鉢合わせした。

五十鈴にしたらお粗末な終わり方だったが、あの騒ぎのおかげで姉は目を覚まさなくてはと思ったそうだ。

いつからかははっきりしないが、姉は体が動かないだけで、周囲の音や会話が聞こえていたという。ふわふわとした意識の中、茉莉や朋美、政臣の声を聞き分けていた。

あの日も、五十鈴が騒いでいるのを認識していたそうだ。自分が事故にあった経緯も聞いていた。そのあと、医師が駆けつけてきて、自分の容態が悪くなっているという話も聞こえていたのだ。

『ああ、死ぬのかなって思った。けど、茉莉の泣き声が聞こえて、どうしても顔が見たい泣かせたくないって強く思ったら、目が開いてびっくりした』

そう言って、姉は笑った。

それまで姉は、聞こえていても目を覚ましたいと強く願ったことはなかったそうだ。茉莉が話す内容はいつも楽しいことばかりで、聞いていて安心できた。朋美や政臣も同じで、聞いているだけで幸せで、このまま眠り続けていたいなと思う語りかけだったという。

こんなことなら、昏睡状態の姉の前でとっとと泣いておけばよかった。聞こえているかもしれない姉に、不安な話はしないようにしよう、泣いてすがって困らせないようにしようと、気を使っていたのが馬鹿らしい。

朋美も政臣も、その話を聞いてなんともシスコンらしい顚末《てんまつ》だなと納得していた。

花を生けて部屋に戻ると、姉は、二つ折りの古い携帯電話を開いていた。友達の差し入れではない。どこからそんなものを、とベッドの上に散らかった小さなダンボール箱を見て青ざめた。

「お姉ちゃん！　それ、政臣の荷物なのに！」

それは、あの誘拐監禁事件の折りに届いた宅配便だ。フリマアプリで政臣が購入した品で、宮下家に放置されていた。事件直後に家を掃除したとき存在には気づいていたが、ばたばたしていて政臣に渡し忘れ、姉が目覚めてからはさらに忙しくて、完全に記憶からなくなっていた。それが先日、茶箪笥を整理したときに出てきた。

茉莉はこれを口実に政臣に会いにいこうと思いつき、休日の今日、紙袋に入れて持ってきた。姉の見舞い後、黒木総合病院のほうに寄るつもりだった。

「もう、なんで勝手に開けてるのよ！」

「茉莉のバッグの横に置かれてたから、私へのお土産かなって。で、手に取ってみたら政臣の名前があるじゃん。面白そうだから開けちゃえって」

「だからって、なんで……」

「なんでってこっちが聞きたいわよ。住所はうちなのに、宛名は政臣なのにおかしくない？　一緒に住んでるの？」

鋭い。下から姉にのぞきこまれ、言葉につまる。こちらを探るような視線から逃げるように、つい顔をそらした。

「そ、そんなわけないじゃん……あり得ないから」

政臣がうちに居座っていたときの話はしていない。姉が寝ていた間の関係についてもだ。言えるわけがない。

「ふーん、そう。なんか、アンタたちよそよそしいよね。前はそんなじゃなかったと思うんだけど。特に政臣の態度が納得いかない。茉莉を避けてるみたいで怪しい」

姉が顎に手をやって目を細める。

政臣とは、姉が目覚めてからほとんど話していない。二人きりで顔を合わせることはなくなった。お互いに忙しかったせいもあるが、姉の言うとおり政臣は茉莉を避けているというか、接触しないように気遣われているといった感じだ。

みだりに触れたら、茉莉が怯えると思っているようだった。

そのせいで告白の返事もできていないし、告訴する話もあやふやになっている。もちろん訴える気はない。

「ま、いっか。なんでこれがフリマアプリでの購入品なのか、政臣宛てなのか、住所がうちなのか。全部、あとでアイツを呼び出して問い詰める。それより、今は中身の確認しなきゃ」

「え？　この携帯電話、知ってるの？」

「知ってるもなにも、これ、私の携帯電話だから」

ほら、と姉が携帯電話の裏蓋のところを見せてくる。大きな傷はたしかに見覚えがあり、あの花火大会で姉が写真を撮ってくれたときのものだと記憶がよみがえった。

姉は裏蓋を外し、電池パックの上あたりを探り、マイクロSDメモリのカードを取り出した。

「このガラケー、カードの場所がわかりにくい上に取り出しにくい機種だったのよね。おかげで無事だったのかな。あとは中身が残ってるかだけど……」

姉はぶつぶつ言いながら、なにかを探してあたりを見回す。

「茉莉、私のスマホどっかにない？」

「またないの？　ほとんどベッドから動かないのに、どこにやるのよ？」

すぐに物をなくす姉は、スマートフォンをどこかに置いてくる天才だった。ロックをかけているとはいえ、危機管理能力がなっていない。特に自室だと気がゆるむらしい。

「どうせ、布団の中で行方不明になってるんでしょ……って、あった」

布団の足下あたりをまくりあげると、毛布の間からスマートフォンがごろんと滑り出てきて、ベッドから落下した。ちょうど真下にあった紙袋の中に吸い込まれていった。

紙袋は、さっき姉がのぞき込んでいたものだ。スマートフォンを取ろうと、しゃがみ込み中を見て茉莉は硬直した。

「茉莉？　スマホあったんでしょ？」

「あっ……うん。はい、これ」

動揺を押し隠し、姉にスマートフォンを渡す。紙袋から視線が離せない。隙間からのぞくのは、最新の結婚情報誌だった。

どくんっ、と心臓が大きく跳ねる。破裂しそうな鼓動が苦しくて、胸を押さえた。

そうだ。忘れかけていたが、姉は政臣と結婚を考えているかもしれなかった。リハビリとか裁判とかでたしかめる暇がなかったけれど、二人が今どういう関係なのか茉莉は知らない。

政臣に告白の返事をする前に、今も恋人同士なのかきちんと聞くつもりだった。今日も、政臣の荷物を渡しにいく前に、それとなく探ってみようと思っていた。

けれど、これを見てしまったら、もうなにも聞けない。聞くのが怖い。

「あー、入った入った。中のデータ、大丈夫かな？　おっ、問題なしだ」

スマートフォンにマイクロSDメモリを挿入した姉は、データが無事に再生されて喜びの声を上げる。動画データだったのか、ドーン、ドーン、と花火が打ち上がるような音がかすかに聞こえた。

「ん？　茉莉どうしたの？」

紙袋から視線をはずせずにいる茉莉に気づいた姉が、こちらを向く。

「あ、もしかしてそれ気になる？」

「結婚……するの？」

聞きたくない。嫌なのに、問いが唇からこぼれた。

「うん、そうなんだ。意識不明とリハビリで四年も待たせてるからね、なるべく早くに式しようと思って」

花が咲くように姉が笑った。幸せそうに、でも少し照れたようにはにかむ姉はとても綺麗だった。

その幸福を茉莉が邪魔する権利なんてないのに、祝福する気持ちになれない。胸が痛くて重くて、苦しさに視界がぼやけてきた。

「もうさー、ほんとは二十代のうちにウエディングドレス着せてあげたかったのに、私ってば間抜けで……って、茉莉！　なんで泣くの！」

こらえる前に涙があふれていた。慌てて目元を指で拭うが止まらない。もう、誤魔化せない。

「ごっ、ごめんなさいっ……お姉ちゃん。私っ、わたし……」

言ってはいけない。政臣とのことなんて、姉を無駄に傷つけるだけだ。けれど自分の気持ちだけを押し殺すのももう無理で、やっぱり彼が好きで、誰にも渡したくない。

あふれる切なさに気持ちを吐露しそうになって、ふと、止まる。

「え……？　ウエディングドレス着せるの？　お姉ちゃんが着るんでしょ？」

「うん？　まあ、私も着るけどね。相手にも着てもらうよ。そういうスタイルの挙式にするから」

「え？　えっ？　政臣がウエディングドレス？」

「なに言ってるの？　そんな気色悪いもの見たくないし。え？　もしかして、私が政臣と結婚するって勘違いしてるの⁉」

姉が目を見開く。冗談じゃないと険しい顔で続けた。

「違うの……？　じゃあ、お姉ちゃんと政臣って恋人じゃないの？　高校のとき付き合いだしたよね？」

「あー……あれね。お互いに利害が一致するから偽装で付き合っただけなんだけど、それ以前に政臣に対する牽制《けんせい》と制裁をかねた処置なだけよ」

牽制とか制裁とか、重々しい単語に目を丸くする。涙はすっかり引っ込んでいた。

「誰も茉莉に本当のこと話さなかったのね。政臣も朋美も口が堅いな。まあ、私から話すから茉莉が二十歳になるまで黙っててって言ったけど……私が死んだら、一生話さないつもりだったのかな？」

政臣は医師だから守秘義務なのかなと続けて、姉は首を傾げた。それから茉莉に座るよう言い、じっと目を見て真剣な表情で告白した。

「あのね、私の恋人で結婚相手は朋美なの」

突然のカミングアウトにしばらく理解が追いつかず、ぼけっとしてしまう。

「えっと……それって、お姉ちゃんは同性愛者ってこと？」

「そうなの。物心ついたときにはもう女の子が好きで、思春期には性の対象が女性だって自覚した。さすがに祖父母には話せないから隠していたけど、茉莉には時期がきたらきちんと話す予定だったのよ」

その時期というのが二十歳で、あの事故の前に言っていた「大事な話」だったらしい。

「政臣と偽装恋人してたのは、私に言い寄る男を撃退するため。政臣も、寄ってくる面倒な女性を排除するのに私を使ってたの。告白断るのにお互いの名前出したりしてたけど、実際はただの友人同士よ」

「そうだったんだ……」

姉の告白には驚いたが、性愛対象が女性だということはすんなりと受け入れられた。思い起こせば、姉はテレビを見ていても女性タレントばかり目で追っているし、可愛いや綺麗を連呼している。男性タレントにはいっさい興味がない。

わかってしまえば拍子抜けするような真実で、体から力が抜けて放心した。その茉莉の肩を、姉ががしっと摑んだ。

「それで、なんで私が政臣と結婚すると、茉莉が号泣することになるのかな？　昔、茉莉が政臣に片想いしてたのは知ってるけど、私が事故る前に彼氏いたよね。別れたの？」

「あ、うん。別れた……」

その先を追求するように、姉の目が細められた。

「そう、まあいいわ。先にまず、この動画を見てもらおうかな。それから、私が寝ている三年間に政臣になにをされたのか、じっくり話してちょうだい」

にっこりと笑った姉の目は真剣で、言い逃れできる雰囲気ではなかった。そして差し出されたスマートフォンで再生された動画に、茉莉はまた呆然とすることになった。

着替えるのも面倒で、白衣のまま車に飛び乗りリハビリテーション病院にやってきた政臣は、走りたいのをこらえて大股で進む。外はもう暗く、面会時間はとっくに終了し、いるのは病院の職員だけだ。

「皐月、俺だ。あの動画は……うわっ！」

ノックし、返事を待たずに部屋に乗り込むと、怒りの形相をした皐月がなにか投げつけてきた。反射的に避け、閉まったドアへ当たって落ちたものを拾い上げる。

「危ないだろ……って、これ……」

とても見覚えのある二つ折りの携帯電話だ。

「今日、茉莉が持ってきてたの。たぶんアンタにあとで渡そうと思ってたんじゃないかな」

事件のごたごたで、購入したこれのことを忘れていた。盗みをしていた佐々木があっさり自供したせいもある。証拠として、これを持ち出す必要がなかったからだ。

「どういう経緯でフリマアプリに出品されてたのかは今度聞くことにして、アンタさ、うちの大切な妹になにしてくれてんの！」

ぶっ殺すぞ、と言いたげな物騒な目で睨まれる。元気だったら、問答無用で殴りにきただろう。

＊

一日の業務が終わり、スマートフォンを見たら皐月からトークメッセージがきていた。

そこに、なかったことにしたい過去の動画の投稿があった時点で、この展開は予想しておくべきだった。すっかり忘れていたところに、不意打ちで見てしまったせいであせってしまった。

「茉莉に全部話して、この動画も見せたのか……」

「ついでに、私が意識ない間にアンタがなにしたかも聞き出したから」

絶望的すぎて目眩がしてきた。胃も痛い。

この際、皐月にバレて恨まれるのはどうでもいい。たいしたダメージにもならない。

だが、あの動画を茉莉に見られるのだけは阻止したかった。もうすでに嫌われ嫌悪されているだろうが、今度は軽蔑もされただろう。それと、茉莉が傷ついていないか心配だ。

過去の軽率な自分を殺したい。

動画は、花火大会の夜のものだ。

花火の途中で寝てしまった茉莉を部屋に入れ、冷えないようにタオルケットをかけてやった。そのとき寝ぼけた茉莉がふにゃふにゃ笑いながら、「ありがとう」と言って政臣の手を握ってきた。すぐにまた寝入ってしまったが、少女に並々ならぬ想いを抱いていた政臣は、気持ちが抑えられなくなり魔が差した。

口づけて、あろうことか胸にそっと触れていた。無意識でやってしまったことだ。すぐに正気になり体を離したが、運悪くその場面を皐月に見られていた。

彼女は、祖父母の店の手伝いを切り上げ、自宅に戻ってきたところだった。たまたま携帯電話の動画を起動していたのは、二階のベランダから花火を映像におさめようとしていたからだ。それが意図せずして、政臣の痴漢行為を撮影することになった。

予想もしていなかったことに、お互いに硬直した。先に動いたのは皐月で、政臣の腹に蹴りを入れると胸ぐらを掴んで廊下に引きずり出した。そのあとは「小学生になにしてんの！　ちょっとしたことで深く傷つく年頃なのに、キスなんて！」と激怒され、動画を見せられて軽蔑されたくなかったら言うことをきけと脅された。

それが皐月と偽装恋人になった経緯だ。

姉の恋人だと思っていれば、真面目な茉莉は政臣を好きになることはない。好きになったとしても、それを態度に出したり、姉から奪おうとはしないだろう。茉莉の気持ちにあてられて、政臣の理性が切れる心配もないはずだ。というのが皐月の考えだった。

政臣も皐月に同意した。牽制されていないと、未成年の茉莉に手を出しそうな己を自覚していたので、その提案を受け入れた。

ただ、茉莉が成人したら告白してもいいと、皐月の許しはもらっていた。それに希望を抱いていたのに、恋人ができてしまうし、あんな関係になるしで、自分は本当に間が悪い男だ。

「ああもう！　アンタが茉莉に変なことしないように偽装恋人にまでなったのに、とんでもないことしてくれたわよね！」

「最初は不可抗力だったんだ……」

「それも茉莉から聞いた！」

言い訳をしようとして返ってきた言葉に驚く。

「茉莉は知ってたのか……？」

「アンタは教えなかったそうね。だけど刑事さんからいろいろ聞いて気づいたんだって」

あのおしゃべりな刑事に違いない。サプリメントの話をされ、茉莉が気づいたのだ。

「ただまあ、それ言わなかったアンタのこと評価はする。言ったら、茉莉が罪悪感にかられるものね。だけど、そのあとの言動は許さん！」

「仕方ないだろう。お前の事故があって、茉莉も狙われる可能性があった。強姦したことで避けられたら、守るものも守れない。だから、俺だって嫌だったけどああするしかなかった。それにお前の治療費の援助とかするのにも都合がよかった。茉莉の性格を考えたらわかるだろう」

普通に援助を申し出ても、長期的に金銭がからむ話になったら茉莉は遠慮する。自分でどうにか工面しようと考えるだろうし、そうなったら大学を辞めて働くと言い出しかねない。夜の仕事に就かれたらと思うと、本人の意思を無視してお金を強制的に渡せる、脅迫という方法が最適だったのだ。

狙われていることを話してしまうことも考えた。だがそれも、ハロウィンパーティーに参加して情報を掴もうとしていたことを考慮すると危険だと判断した。茉莉は、大人しそうに見えて行動的なので、なにをするかわからない。

それに狙われているなら、自分が近くにいたら政臣に迷惑がかかると避けられる可能性もあった。だから無理やりにでも傍にいる方法は、あれしか思いつかなかったのだ。

そのへんは皐月も同じ考えなのか、苦虫を嚙み潰したような顔をして腕を組んでいる。

「わかってるわよ。少ない選択肢の中で、アンタがいろいろ手を尽くしてくれたことはね。だけど、それだけじゃないでしょ。一番の理由は、一度手を出した茉莉を手放せなくなった。そういうことでしょ！」

びしっ、と指をさされて確信をつかれた。思わず視線をさまよわせると、今度は枕が飛んできた。

「やっぱりそれが本音か！　クソ野郎っ！」

受け止めた枕を小脇に抱え、頭をぼりぼりとかく。言い訳ができない。

「好きで好きでたまらなかったんだ……」

「もう、最低……。私がいないとアンタの自制心が切れるのわかってたけど、だからって手を出すの早すぎ！」

「だから最初は不可抗力だ」

「だったらせめて、私が同性愛者なこと言えばよかったじゃん。偽装恋人のことは話したみたいだけど、あの子、本当なのか信じられなくて悩んでたのよ。私を裏切ったって」

「それは、いくらお前が意識不明だからってバラしていいことと悪いことがあるだろ。俺は医者だから守秘義務もあるし」

そう言って肩をすくめると、皐月は鼻先で笑った。

「別に、治療の過程で知った個人情報でもないんだから、義務なんてないわよ」

「それはそうだが、性的指向はとてもデリケートなことだ。お前の性格を理解しているから、勝手に話しても大丈夫だろうとは思ったが、それでもやっぱり他人が勝手に話していいことではない」

「頭固いわね……」

呆れる皐月に、違うと首を振る。

「固いとかの問題じゃなくて、俺は茉莉が好きで愛してて、アイツが楽になるためなら話してしまいたかった。だけど、同じようにお前……皐月も大切なんだよ。だから、それだけはできなかった」

たとえ自分の立場が悪くなるとしても、政臣は絶対にしゃべらない覚悟だった。もし、無断で話していたら、皐月だってこうは言っていても気分が悪かったはずだ。

それに、他人から姉の秘密を暴露される茉莉の気持ちも無視できなかった。偏見を持つ性格ではないが、実際どんな反応をするかはわからない。自分にだけ姉が黙っていたことに傷付くかもしれない。皐月が意識を取り戻してから、二人の関係がぎくしゃくしてしまう可能性もあった。

「お前の性的指向をバラすのは、俺の保身にしかならないだろ。それなら話さなくていいことだと思ったんだ」

　正直な気持ちをぶつけると、皐月が溜め息をついてばったりとベッドへ仰向けに倒れた。

「大丈夫か？　疲れたのか？」

　駆け寄って、持っていた枕を皐月の頭の下に敷いてやり、ぐちゃぐちゃになっていた布団と毛布を整えてかけてやる。皐月はそれを呆れたような、照れたような複雑そうな目で見ていた。

「……アンタってさ、そんなだから変な女に好かれるのよ」

「なんでだよ？」

「口が悪くって冷たかったりするのに、随所から漏れてくる育ちの良さが諸悪の根元だわ。無駄に顔もいいし」

　なぜ育ちの良さを批判されないといけないのか。意味がわからなくて顔をしかめる。

「そもそも女運悪すぎて、まだ汚れてない茉莉を好きになったんだもんね。いや、茉莉は今も汚れてないけど」

　最後の言葉は実にシスコンらしいが、政臣も同意だ。茉莉はいくら抱いても清らかだった。

　そして政臣の女運は昔から最悪だった。

　いくらモテても、まともな女性が遠いのだ。前面に出てくるのは、主張が強く我こそはという女性ばかりで、政臣そっちのけで蹴落としあいを始める。そればかりか、政臣が好きになって付き合った相手に嫉妬し、かなりえぐい虐めをするので、「もうあなたとは付き合えない」と好きな相手に逃げられる。守ろうにも、まだ十代だった政臣には手に負えなかったのだ。

その挙げ句、やっとまともな女性と付き合えたと思ったら、裏でとんでもない虐めを繰り広げていた主犯格だった。前の彼女を追い込んだのも新しい恋人だと発覚し、女性不信になりかけた。高校生の時点でこれだ。もう女性とは交際しないほうがいいと、十代で悟った。

だからこそ、健気に家族を支える茉莉が尊くて、小学生だとわかっていても、どうしようもなく愛しかった。皐月も、自分を絶対に好きにならない女性ということで安心できたし、政臣に寄ってくる女どもを蹴散らす強さと、圧倒的な容姿の美しさを持っていた。

宮下姉妹は、政臣にとってかけがえのない女性たちなのだ。

「今回も五十鈴とかヤバい女だし。目を付けられたのが私でよかった。茉莉が同じ目にあってたかと思うと心臓止まりそうになる」

「いや、お前でもよくないよ。心臓に悪かったんだぞ」

皐月が救急搬送されてきたときのことを思い出し、嘆息する。皐月はなにが不満なのか、眉間の皺を深くした。

「この天然タラシ。私が女を好きなことに感謝しろ」

「なんでそうなる……ほら、もう安静にして寝ろ。まだ万全な体じゃないから、無理しないほうがいい」

「そうね。久しぶりに怒鳴って疲れた」

興奮して疲労したようで、皐月は素直に目を閉じた。呼吸が落ち着いてきたのを見届け、帰ろうとしたら白衣の袖を摑まれた。

「言い忘れてた。茉莉はあの動画見て、政臣でよかったって言ってた」

頭の中が真っ白になった。

「え、それってどういう……」

「私じゃなくて、本人に聞きなさい」

「いいのか？」

会っても大丈夫なのだろうか。うかがうように見下ろすと、目を開いた皐月に「自分で考えろ」と吐き捨てられた。

「つか、責任とらなかったら呪ってやる」

毒々しいその声に返事をする余裕もなく、政臣は病室を飛び出した。走るなと注意する職員の声も聞こえなかった。

12

政臣のマンションが見える駐車場に車を止め、茉莉はどうしたものかとハンドルに顔を伏せる。勢いでここまできたのは、姉のお見舞いというか尋問が終わってから。日も落ちかけの夕方だった。今はもう真っ暗だ。

今夜、政臣が帰宅するかもわからないのに、なにをやっているのだろう。でも、それぐらいあの動画は衝撃で、同時に嬉しかったのだ。

思い出して、頬が火照ってくる。

ファーストキスも政臣だった。寝込みを襲っているのはどうかと思うが、茉莉を好きでやってしまったというなら許せてしまう。

姉にも、あの頃から政臣は茉莉を好きだったと教えられ、体がふやけてしまいそうなほど嬉しかった。姉と偽装の恋人を演じていた真の理由にも驚いた。そこまでしなくても、と茉莉は思ったのだが。

『私が牽制してなかったら、アンタは確実に未成年のうちに妊娠させられて結婚コースになってた』

真顔で言う姉に、政臣との行為を思い出して真っ赤になった。意地悪で孕めと言われているのかと思っていたが、政臣はけっこう本気で妊娠させたがっていたのかもしれない。そう考えると、政臣が茉莉にしてきたことの一つ一つが、愛情によるもので、とても大切に慈しまれていたのだとわかってしまった。どれだけ守られてきたかも、より深く伝わってきた。

だから、早くこの気持ちを伝えたくて、できていない告白の返事もしたくて病院を飛び出してきた。

だが、告白からもう一年もたってしまった。政臣の気持ちは、あのときのままだろうか。もうすっかり、想いを整理してしまったかもしれない。新しい恋をしているかもしれないし、モテるので恋人ができている可能性だってある。もういい歳で、病院の跡取りだからか見合い話も多いと朋美が言っていた。病院で噂になるぐらい、多方面から結婚話がくるそうだ。

今さら茉莉に告白の返事をもらっても困るのではないか。そう考え出したら、車から出られなかった。

「もう、帰ろうかな……」

弱音を吐いた瞬間、運転席のドアが開き腕を摑まれ車から引きずり出された。人がきた気配がなかったので、悲鳴が引っ込むほど驚く。とっさに暴れようとしたら、上から圧しかかるように抱きしめられた。

「ロックかけてないとか、不用心すぎだろ」

耳元で囁かれた甘い低音に目を見開く。

「……政臣？」

顔は見えないけれど、鼻先をくすぐる香りは政臣のもので、抱きしめてくる腕の感触も、一年前から忘れられない彼のものだった。

恐怖で震え上がった心臓が、今度は甘い鼓動を奏で出す。

「な、なんで？」

声がうわずる。こんなに接近したのも密着したのも一年ぶりで、緊張する。だいたい、マンションから少し距離がある場所なのに、なぜわかったのか。

疑問を察したように、少し体を離した政臣がスマートフォンの画面を見せた。

「GPS追跡アプリ、削除してなかったんだな」

ぶわっ、と毛が逆立つように体温が上昇する。きっと首も耳も顔も真っ赤だろう。

「……うん」

言い訳も否定も思い浮かばなくて、素直にこくんとうなずいた。うつむいていて顔は見えないけれど、政臣の雰囲気が和らぎ笑ったように空気が動いた。

「それは、期待してもいいってことか？」

「だって……政臣と繋がってるみたいで……」

最後まで言葉にはできなかった。顎をすくわれ、唇が重なる。

ついばむような柔らかさから、熱のある甘ったるい口づけになるのはすぐだった。濡れた音をさせながら、二人の間で舌が行き来する。茉莉も、政臣がほしくて身をすり寄せて舌をからませた。

じんっ、と頭の奥が酔ったように火照ってくる。

「んっ……はぁ、あ……まさおみ、私」

告白の返事をしたくて、キスの合間に言葉を紡ぐとゆっくりと唇が離れた。

「なに？」

甘ったるい声が唇にぶつかる。またすぐにキスできる距離で、黒い双眸にのぞき込まれる。高揚感に目眩がした。

「好き。大好き。ずっと好きだった」

なんて言おうかたくさん考えた。そのどれも言葉にならず、子供みたいな告白しかできない。

政臣の顔がくしゃりと崩れるように笑顔になる。

「ありがとう。俺も愛してる」

その言葉と一緒にキスされる。髪に、額に、瞼に、頬に、優しい雨粒のように降りそそぐ。くすぐったさに首をすくめると、最後にまた唇が重なって、さっきよりも濃密な口づけに溺れた。

舌先で口腔を愛撫され、夜の駐車場に濡れた音が響く。二人の間で糸を引いた滴が、茉莉の唇のはしからこぼれる。それを政臣が追いかけ、舌でからめ取る。

「あぁ……はぁっ、ねぇ」

膝ががくがくいっている。キスだけで高ぶった体を政臣にもたれさせ、ねだるように下から見つめた。

「政臣の部屋にいきたい。あそこから、やり直したい」

以前から同じマンションに政臣は住んでいる。茉莉が初めて抱かれた部屋だ。

「ああ、そうしよう」

ふわりと足下が浮いて、政臣の腕の中にいた。やっと彼の姿をまともに見て、笑ってしまった。

「白衣のまま帰ってきたの？」

「皐月に呼び出されて、まあいろいろあって……このまま飛び出してきた」

ばつが悪そうに目をそらす政臣が可愛くて、結ばれた唇にキスをした。抱き上げる腕がびくっと跳ねて、政臣が目をむく。

そんなに驚くことかと思ったが、茉莉から口づけたのは初めてだった。視線を泳がせた政臣の頬が赤くなってくる。つられてこちらまで恥ずかしくなった。

「政臣……照れてる」

「うるさい」

うなるように返し、政臣は茉莉の唇に甘く噛みついた。

抱き上げられたまま、政臣の部屋まで運ばれた。

恥ずかしいから降ろしてと言ったが、「逃がしたくない」と取り合ってもらえなかった。どうにか誰にも会わずに部屋までこれてほっとしたところ、玄関に引きずり込まれてすぐ、壁に押しつけられた。

「んっ、ん……ふぁっ……」

貪るような長いキスに目が回る。もう口づけだけで、脚の間はとろとろだ。

「政臣……ベッド」

とろけた目で訴えると、最後に吸いつくようなキスを一つして政臣が離れた。壁伝いに座り込みそうな体を抱き上げられ、ベッドに連れて行かれるのかと思ったら、バスルームの前で降ろされた。

「なんで、ここ？」

「茉莉が起きてるときに一緒に入ってみたかった。嫌か？」

そんな艶のある目で見つめられて、嫌なんて言えなかった。

コートを肩から落とされる。耳元に寄った唇が、息を吹き込むように囁く。

「恋人同士でないとできないことをしよう」

ひくんっ、と肩が跳ねた。前に、恋人ではないからシャワーは一緒に浴びないと断ったのを揶揄《やゆ》しているのだ。

プレゼントの包装をとくように一枚一枚、丁寧に脱がされていく。ことさらゆっくりなのは、茉莉の羞恥心を煽りたいからなのかもしれない。

「ま、政臣も脱いでよ」

下着姿にされ、自分だけ脱がされているのが恥ずかしくなってきた。向き合った政臣は白衣を着たままで、診察でもされているみたいな変な気分になってくる。

真っ赤になって白衣の袖を引っ張ると、政臣の目が意地悪く微笑んだ。

「白衣が気になるのか？　診察してやろうか？」

「い、いい……やだ！」

ぞわり、と背筋に鳥肌が立つ。こういうときの政臣は質が悪い。逃げようにも、政臣と壁に挟まれていた。

「遠慮するなよ。はい、まずはあーんして」

「政臣は内科じゃないから、喉なんで見ないでしょ！」

「じゃあ、整形外科みたいなことされたいのか？」

反論したら笑顔で凄まれた。整形外科っぽい診察とはどういうものなのか。なにをされるのかわからない怖さに、再度「あーん」と言われて口を開いてしまった。

「んっ、んぐぅ……ッ」

口の中に、長い指が二本入ってきた。節くれ立ったそれが、中をかき回す。指の腹で上顎や頬の内側を撫でられると、ぞくぞくとした甘い疼きが、うなじから腹へと走っていく。

茉莉の素直な反応に、楽しげに黒目が細められる。

「気持ちいいですか？　じゃあ、こっちは？」

わざと医者の口調で茉莉の羞恥心をあおり、震える舌に指をからめる。飲みきれない涎がとろりとあふれ、茉莉の胸元を濡らす。

「うっ、ううンッ……んくっ」

指が舌を撫でながら、奥に入ってくる。吐き気をもよおすぎりぎりのところで止まり、上顎を撫で上げられる。今まで知らなかった性感帯を刺激され、甘い苦しさに目が潤む。

「あぅ、や。らめぇ……ッ」

白衣の腕にすがり、それ以上は入れないでと濡れた目で訴える。けれど政臣の視線は欲望でぎらつき、やめてくれそうもない。

人差し指と中指が口の中でばらばらに動き、唾液をからめるように抜き差しが始まる。いつの間にかブラジャーのホックは外され、床にぱさりと落ちた。

「触診しますね」

腰に響く低い声がして、あまっている片方の手が乳房に触れた。腋《わき》の下からすくい上げるように撫でられ、中心で硬くなった乳首を指に挟まれる。きゅう、と胸が甘く疼く。

「ちょっと強くしますね。痛かったら言ってください」

乳首を強く摘まれ、疼痛をともなう淫らな刺激に体が揺れた。痛いけれど、それ以上に感じてしまって、濡れ始めた脚の間がびくびくと震える。口はふさがれているせいで喘ぐこともできないし、痛いなんて言えるわけがない。

散らせない快感に身悶える茉莉に、政臣が喉を鳴らす。

「こっちも確認しますね」

口腔を犯していた指が抜ける。茉莉の唾液をからめたまま、背中から腰をたどり、ショーツの中に入ってきた。尻の割れ目を指先でつっと撫で、後ろから脚の間に滑り込む。

「ひゃぁっ！　や、だめ……あんっ」

ショーツを押し下げながら、すでに濡れていた蜜口に指が到達する。くちゅくちゅと周辺を乱れさせ、押し開く。先っぽだけ入ってきた指に、きゅうっと入り口が締まる。浅く抜き差しされると、奥へと誘い込むように痙攣した。

その間も乳首を悪戯する指も止まらず、屈んだ政臣がもう片方の乳首を口に含んで転がし始める。敏感な場所を同時に弄り回され、たまらない快感に追いつめられていく。

「あっああぁっ……！　や、やだっ！」

急にしゃがんだ政臣がショーツを引きずり下ろし、とろけた恥部に舌を差し込んできた。

「ひぃンッ……あぁぁあぁっ」

舌だけでなく唇や歯も使って、肉芽にしゃぶりつかれる。強い快感に、最初から高ぶっていた体は一気に上りつめた。

硬くしこった肉芽がひくつき、蜜があふれる。びくん、びくん、と震える腰を抱え込んだ政臣が、滴る蜜を飲み下していく。

「やだぁ、やめて……」

恥ずかしい光景に身をよじるが、離してもらえない。政臣は濡れた音をさせて、濡れそぼったそこを舐め回す。満足するまで堪能すると、白衣の袖口で口元を拭って立ち上がった。

茉莉はもう、壁に寄りかかっていないと立っていられない。

「汚れたな。綺麗にしてやるよ」

そう言って、政臣は手早く服を脱ぎ捨てると、力の入らない茉莉を抱えてバスルームに入った。

温度調節されたシャワーが降りそそぎ、ボディソープを手のひらにのばした政臣が、茉莉の体を反転させる。壁に手を突く格好にされ、後ろから体をまさぐられた。

ぬめぬめとした大きな手が乳房を揉みしだき、太股の間に入ってきた硬い熱が濡れた襞をこすり上げる。肌に塗りたくられたボディソープは、細かいシャワーにあてられて泡だっては消えていく。

「ああぁんっ、あン……っ、政臣、まさお、み……ッ」

恥部の上を行き来するだけで入ってこない政臣のモノがもどかしい。切っ先がめり込むように襞を押し開き、蜜口を撫でる。震えるような快感が走って、腰がびくびくと跳ねた。

「もっ、おねがっ……い」

高ぶった熱の塊へ押しつけるように、体を揺らす。背後で政臣が息をのむのがわかった。

「煽るな。手加減できなくなるぞ」

脅すような声がして、ぐいっと腰を掴まれたかと思ったら、先端が一気に侵入してきた。

「あああぁ……ぁあっ！」

ずんっ、と重い突き上げに体がのけぞる。覆いかぶさってきた政臣が、壁に茉莉を押しつけるようにして腰を打ち付けてくる。圧迫感と、強すぎる快感に肌がいやらしく粟立つ。打ち付けるシャワーのお湯にまで感じてしまう。

「あっひぃ……うっ、あぁあっ、いやぁ……ッ」

乳房を揉みしだかれ、抽挿も荒々しくなっていく。久しぶりの交わりに、二人とも高まるのが早かった。

「あああいやあぁッ！」

びくんっ、とひときわ大きく中が痙攣し、政臣の雄をしぼり上げる。同時に絶頂を迎え、蜜口がひくひくと収縮する。断続的に吐き出される政臣の熱に満たされ、体から力が抜けた。

「次はベッドだ……」

背後から抱きすくめられ熱のこもった声で囁かれる。今夜は簡単に寝かせてもらえないことを、茉莉は覚悟した。

数ヵ月後、無事に退院し自宅療養になった姉が、実家で朋美と暮らすことになった。姉は渋ったけれど、それを期に茉莉も政臣のマンションに引っ越した。

政臣からはいっそ結婚しようとプロポーズされたが、もう少し待ってと茉莉は返事をしてある。やっと恋人同士になれたのだから、この関係を楽しみたかった。

そんなの結婚してからでも楽しめるだろうと拗ねた政臣が、「肉体関係ではなく、いっそ結婚を強制すればよかったな。そのほうがもっと援助できた」と真顔でこぼしたのに笑いが止まらなかった。

脅迫してまで結婚して援助しようだなんて、どこかおかしい。意地悪なのに甘すぎて、「政臣にならまた脅迫されてもいいよ」と囁いたら、翌日には婚約指輪が用意されていた。

「いらないって言うなら、このまま役所に強制連行して入籍する。どうする？」

脅しになっていない二度目のプロポーズに、茉莉ははにかみながらうなずき、薬指に指輪をはめてもらった。

結婚のときには、どんな脅迫をされるのだろう。今から楽しみだ。

あとがき

はじめまして、もしくはこんにちは。青砥あかです。この本を手に取ってくださり、ありがとうございます。

今回は医者とＭＲの恋愛モノでした。医者といっても後期研修になる専攻医です。当初は医者設定だったんですが、ヒロイン茉莉との年齢差とかいろいろ考慮してこうなりました。

しかも最初は鬼畜外科医って感じの話にするつもりだったのですが、ヒーローの政臣が思った以上に茉莉を好きすぎて鬼畜になりきれませんでした。ドＳとタイトルにありますが、世話焼きかストーカーのＳだなぁ……と私は思った。

あと、政臣視点で最初は書いてみようかと思ったんですが、そうするとなんにも話が進まないと気づいてボツりました。政臣のキャラについて詰めて考えていたら、この人の脳内は茉莉と仕事のことしかないと結論が……。たぶん「茉莉カワイイ。舐めたい」しか考えてない。正直、そういうことしか考えてない男視点の小説書くの大好きです。大好きだけど話が進まないので駄目です。政臣視点で脳内ぐるぐるしてるのを書くの、とても楽しかったです。ヘタレてるので、カッコイイ男性が好きな方には向かないと思います。

それで茉莉視点で考えたら、やっとストーリーが進んで安心しました。

茉莉のキャラも、当初は政臣とは体の関係だけなので、別に彼氏がいる（政臣との行為がよすぎて彼氏とは性的関係がぎくしゃくしてるみたいな）という設定がありました。脅して関係持って好き勝手してるのだから、他で彼氏作られても仕方なくないかなと思ったんですよ。

ですが書き始めてみるととても真面目な子なので、そういう二股かけるような（政臣はともかく）彼氏を裏切るようなことはできない子だなと。

あと、政臣がなにするかわからないのでボツになりました。彼氏いたら、その彼氏が縊り殺されるんじゃないかなと。初めての彼氏は茉莉に手を出してなくて命拾いしたんだと思います。

政臣はそれだけ独占欲が強くてどうしようもないのですが、愛情も深いので、こういう関係はいけないと思っているのに茉莉好きすぎて触りたいエッチしたいという、本当にどうしようもないなこの男と思いながら書いてました。楽しかったです。

もっと政臣視点で、涼しい顔してるけど、いかに茉莉が好きか悶々と脳内語りしてるのを書きたかったです。

ではでは、少しでも楽しんでいただけたら嬉しいです！

青砥あか

★著者・イラストレーターへのファンレターやプレゼントにつきまして★
著者・イラストレーターへのファンレターやプレゼントは、下記の住所にお送りください。いただいたお手紙やプレゼントは、できるだけ早く著作者にお送りしておりますが、状況によって時間が掛かる場合があります。生ものや賞味期限の短い食べ物をご送付いただきますと著者様にお届けできない場合がございますので、何卒ご理解ください。

送り先
〒160-0004　東京都新宿区四谷 3-14-1　UUR 四谷三丁目ビル２階
(株)パブリッシングリンク
蜜夢文庫 編集部
○○（著者・イラストレーターのお名前）様

激甘ドS外科医に脅迫溺愛されてます

２０２０年５月２９日　初版第一刷発行
２０２０年６月２５日　初版第二刷発行

著……青砥あか
画……千影透子
編集……株式会社パブリッシングリンク
ブックデザイン……おおの蛍
（ムシカゴグラフィクス）
本文ＤＴＰ……ＩＤＲ

発行人……後藤明信
発行……株式会社竹書房
〒102-0072　東京都千代田区飯田橋２－７－３
電話　03-3264-1576（代表）
03-3234-6208（編集）
http://www.takeshobo.co.jp
印刷・製本……中央精版印刷株式会社

ISBN978-4-8019-2278-5　C0193
Printed in JAPAN